俳句のための文語文法入門

角川文庫
23563

目次

第八章　名詞・副詞・連体詞・接続詞・感動詞 213

第九章　敬　語 229

はじめに

文語文法への誘い(いざな)い

俳句を始めた方で、文語文法をハードルと感じている人は意外と多いのではないでしょうか。毎月、結社の編集作業で投句葉書に目を通していると、文法や仮名遣いの間違いが、軽く数十句は見つかって、その都度赤を入れることになります。かなり経験を積んだ人でも、うっかりミスということは、しばしばあるようです。

高校時代には、皆さん文語文法を勉強されたはずなのですが、それから何十年も経てば、記憶が曖昧になるのも無理はありません。かと言って、今さら高校生用の参考書を買って、こつこつ勉強するほどの気力や時間はない……。というわけで、ついつい文語文法をおろそかにしたまま今日に至っているという方が、ずいぶんいらっしゃることと思います。

ただ、ありがたいことに、俳句に必要な文語文法の知識は、ある程度限られているのです。書店に並んでいる文法書一冊を丸暗記する必要など毛頭ありません。必要最小限にポイントを絞って、そのポイントについては完璧に身につけるよう心がければ、実作の上では十分なのです。

俳句における文語とは

高等学校で教えている文語文法は、『源氏物語』や『枕草子』が書かれた平安時代の文法を基本としています。しかし、ふだん俳句で使われている文語が、平安時代の言葉と全く同じかと言えば、決してそうではないのです。

たとえば「ゐる」という動詞ですが、平安時代では「座る」という意味が基本で、現代語の存在を表す「いる」という動詞とは意味が違います。

卒業の兄と来てゐる堤かな　芝　不器男

この句は、卒業の兄と堤に来て「座っている」ということが言いたいのではないでしょう。「かな」を用いている以上、この句は文語句ですが、「ゐる」の意味は現代語の「いる」の意味で用いられているのです。

やがてわが真中を通る雪解川　正木ゆう子

平安時代の「やがて」は、「すぐに」とか「そのまま」の意味で用いられる副詞です。しかし、この句の「やがて」を平安時代の意味で解釈するのは不可能でしょう。やはり、内容的には現代語の「やがて」の意味で用いられているのです。

このような例は枚挙にいとまがありません。要するに、俳句で用いられている文語は、純粋な古語ではないということです。我々は、古語を使って俳句を詠んでいるのではなく、あくまで、今の言葉の感覚で、ただし表現上は文語文法に則って俳句を詠んでいるのです。

ですから、俳句に必要な文語文法は、ある程度限られてくるわけです。

なぜ文語で詠むのか

明治初期まで、あらゆる文学作品は文語を用いて書かれていました。明治二十年に、二葉亭四迷が小説『浮雲』を初めて言文一致体で書いたことは、よく知られているところです。詩でも、明治末期から口語詩が試みられはじめ、大正期に萩原朔太郎らが出て、口語自由詩が主流となるに至りました。

それに対して、短歌や俳句においては、今なお文語が主流です。それは、短歌・俳句が短詩型であることと無関係ではないでしょう。

短歌の場合は、まだ良いようです。

「この味がいいね」と君が言ったから七月六日はサラダ記念日　俵　万智

俵万智は、日常の感覚をさらりと口語で切り取って、三十一音の中に見事に収めました。短歌の三十一音は、口語を用いても、十分に場面転換が可能な長さなのです。

しかし、この歌の世界を、切字を用いずに、口語を使って十七音にまで圧縮することは、到底不可能だと思われます。

十七音という、世界最短の詩型を可能にしているのは、切字、とりわけ「や」の力だと言えるでしょう。

啄木鳥や落葉をいそぐ牧の木々　水原秋櫻子
万緑の中や吾子の歯生え初むる　中村草田男

秋櫻子の句は、啄木鳥という聴覚的なものに、落葉という視覚的なものを取り合わせることで、空間をより立体的に表現しています。草田男の句は、万緑という自然の力強さと、幼子の歯が生えはじめたことを取り合わせることで、我が子の大いなる生命力と、成長への祈りを謳い上げています。

これらの句に典型的に見られるように、「や」による二句一章は、十七音の中に、視点の切り換えや重層的世界を描くことを可能にしています。この切字の「や」こそ、俳句に欠くことのできない文語表現なのです。

俳句に切字が不可欠と認める以上、俳句を詠む者は、文語と縁を切ることができないのです。

口語句と文語句

もちろん、口語句自体は大正期にすでにありましたし、今でも優れた作品が数多く作られています。口語句には口語句の大いなる魅力があります。

分け入っても分け入っても青い山　種田山頭火

山頭火の孤独や焦燥は、「分け入るとも分け入るとも青き山」という緩やかな文語表現では、精彩を失うでしょう。

じゃんけんで負けて螢に生まれたの　池田澄子

この句の会話調の魅力は、「じゃんけんに負けて螢に生まれけり」という文語表現と比較してみれば、一目瞭然です。

口語句の魅力を大いに認めつつも、依然として俳人の多くが文語で詠み続けているのは、「や」「かな」「けり」といった文語の切字が、短詩型文学になくてはならないものだからです。

むろん、口語句であっても切れを発生させることはできますし、口語句だけを詠む決意があれば、それも一つの道だと思います。しかし、多くの俳人は、文語句と口語句の双方を、必要に応じて詠み分けているのが現状です。

中には、一句の中に文語と口語が混在している句を作る人もいますが、こうした文体の混在に対しては、どちらかと言うと否定的な見解をとる人が多いようです。特に、俳句を始めて間もない人は、正しい文語で句を詠めるようになることを目指すべきでしょう。

文法がなぜ大切か

少し回り道をしましたが、あらためて文語文法の必要性について考えてみましょう。

一本のマッチをすれば湖(うみ)は霧　富沢赤黄男

この句は、形の上では文語句とも口語句とも取れますが、内容的には明らかに文語句です。「すれば」という表現は、口語文法では、動詞「する」の仮定形に接続助詞「ば」が接続した形で、「もし一本のマッチをすったならば」という仮定条件になります。しかし、文語文法だと、「する」の已然形に接続助詞「ば」が接続した形で、「一本のマッチをすったところ」という確定条件を表すことになります。

この句が、もし口語句で、仮定条件だとすると、眼前にない霧の湖を想像して詠んでいることになり、説得力を欠くことになってしまいます。この句が、文語の確定条件の句であることは内容的に明らかです。

このように、全く同じ表現であっても、文語と口語では意味が異なってしまうことがあります。正しい文法を知らなければ、自分の詠みたい世界を正確に伝えることもできなければ、作品を正しく鑑賞することもできないことになってしまいます。

そういう意味で、文語文法の基礎的な知識は、俳句に欠かすことができないものなのです。

俳句に必要な文法とは

では、俳句の実作において、文語文法はどの程度覚えなければならないものなのでしょう。

大きく括れば、次の四つのポイントに絞ってよいと思います。

1 用言（動詞・形容詞・形容動詞）の活用
2 助動詞の意味と活用・接続
3 助詞の意味・用法
4 旧仮名遣いの原則

用言の中でも、特に重要なのは動詞の活用です。文語文法には、上二段や下二段・ラ変・ナ変など、口語にはない活用の種類がありますし、口語に残っている動詞でも、活用の種類が文語では異なるものがあります。そのような注意すべき動詞について、重点的に覚えていけばよいでしょう。形容詞や形容動詞の活用は、動詞にくらべればはるかに単純でわかりやすいので、間違えやすいポイントを絞って覚えれば十分です。

助動詞の種類はおよそ三十くらいありますが、その中で俳句に頻繁に用いるものは限られています。過去の「き」、詠嘆の「けり」、完了の「ぬ」「たり」「り」、打消の「ず」、断定の「なり」、比喩の「ごとし」などです。何もかも網羅的に覚えようとせず、使用頻度の高い助動詞を重点的に覚えていくよう、心がけるとよいでしょう。

助詞は、活用しない分だけ、助動詞よりも簡単です。俳句に絶対に欠かせない助詞としては、「や」「かな」があります。その他にも、前述の「ば」など、現代語と使い方が違うものがいくつかありますので、その辺りを中心に覚えればよいでしょう。

習いつつ慣れよ

私は、高校生や中学生と、月に数回、句会をともにしています。高校生はともかく、中学生はまだ文語文法を授業では学習していません。それでも、一年ぐらい一緒に句会をしていると、自然と文語の言葉遣いを覚えていくものです。幼児が、自然に言葉のしくみを覚えていくように、文語も普段から使い慣れることで、自然と言葉のしくみが理解されるようになるのだと思います。

昔から「習うより慣れよ」とはよく言ったもので、こうして言葉を学ぶのが最も自然なのでしょうが、文語の場合は、それだけでは十分とは言えません。何と言っても、日常会話を文語で交わしているわけではないのですから、俳句で接しているだけでは所詮限界があります。

高校生になると、授業でも体系的に文語文法を学ぶようになるので、俳句の実作と並行することで、より文語文法への理解は深まってゆきます。

大人の場合も、基礎的な文語文法の知識を意識的に身に付ける努力をしつつ、それと並行して実作を大いに行うことが、文法を身体で覚える早道であると思います。句集を読んだり、歳時記の例句に頻繁に目を通すことも、文語に慣れるためには有効です。

私なども、文法はともかく、旧仮名遣いについては不安になることが度々あって、そのようなときは手元の電子辞書で必ず確認するように心がけています。これを繰返すうちに、仮名遣いも自ずと身に付いていくものです。ちょっとした手間を惜しまず、こまめに辞書を引くこと、これも文法を身に付ける上で大切な姿勢だと思います。

「習いつつ慣れよ」。文語文法は苦手だと決めてかかっている方も、臆することなく、気楽な気持ちで、この本を読んでいただければ幸いです。

第一章

「や」「かな」「けり」の正しい使い方

「や」「かな」「けり」は、俳句に欠かすことのできない切字です。文法に苦手意識を持っている方も、この章だけは必ず読んでください。

「や」は何にでもつく助詞

まずは、一句一章に欠かせない、切字の「や」について見てみましょう。「や」は、文法的には詠嘆を表す間投助詞です。間投助詞という言葉は聞き慣れないかもしれませんが、文中や文末に用いられ、詠嘆などの意味を表します。言い換えれば、どんな品詞にも、どんな活用形にも接続する助詞なのです。

1　万緑の中や吾子の歯生え初むる　中村草田男
2　身にしむや亡妻の櫛を閨(ねや)に踏む　蕪　村
3　しぐるるや駅に西口東口　安住　敦
4　木の香けふ松に荒しや十二月　石川桂郎
5　咳の子のなぞなぞあそびきりもなや　中村汀女

6　爽やかや風のことばを波が継ぎ　鷹羽狩行

それぞれの句で、「や」の直前に来ているのは、どんな品詞のどんな活用形でしょうか。

1＝名詞
2＝動詞「しむ」の終止形
3＝動詞「しぐる」の連体形
4＝形容詞「荒し」の終止形
5＝形容詞「なし」の語幹
6＝形容動詞「爽やかなり」の語幹

となっています。このように、「や」はさまざまな品詞のいろいろな活用形に接続できます。使われている位置も、上五、中七の中間、中七の最後、下五と、さまざまであることがわかります。俳句を作る者にとっては、きわめて自由度の高い助詞と言えるでしょう。

では、実際に「や」を上手く使いこなすために、練習問題をやってみましょう。

練習1 次の各句の（ ）内の語を、「や」に接続するよう、形を変えてみましょう。ただし、字余りや字足らずにならないようにしてください。（答は巻末「練習問題の解答」）

① （みぞる）や戸ざすに白き夜の芝　渡辺水巴

② （暖かし）や飴の中から桃太郎　川端茅舎

「かな」は名詞か連体形に接続

続いては、同じく切字として用いられる「かな」について見てみましょう。「かな」は、文法的には詠嘆を表す終助詞です。終助詞とは、原則として文末に用いられる助詞ですから、俳句においても「かな」は句の末尾に用いられることが圧倒的に多いのです（次の4の句では、中七に使われていますが、これは倒置法と見なすことができます）。

同じ詠嘆を表す助詞でも、「や」と大きく異なるのは、明確な接続の原則があるという点です。

1　遠山に日の当りたる枯野かな　高浜虚子

2　夏雲群るるこの峡中に死ぬるかな　　飯田蛇笏
3　腹水みたび脱きて糸瓜忌近きかな　　角川源義
4　寒鯉はしづかなるかな鰭を垂れ　　水原秋櫻子
5　若葉して家ありとしも見えぬかな　　正岡子規

それぞれの句で、「かな」の直前に来ているのは、どんな品詞や活用形でしょうか。

1＝名詞
2＝動詞「死ぬ」の連体形
3＝形容詞「近し」の連体形
4＝形容動詞「しづかなり」の連体形
5＝打消の助動詞「ず」の連体形

となっています。このように、「かな」は、名詞か活用語（動詞・形容詞・形容動詞・助動詞）の連体形にしか接続しない助詞なのです（連体形については、次の章で詳しく説明します。「…こと」に続く形だと思ってください）。

しかし、実際には、次のような誤用がしばしば見受けられます。

❗よくある間違い

1　空き箱の中に空き箱長閑かな
2　薄紅を冴返りたる爪にかな

1の句では、「長閑」に「かな」を接続していますが、「長閑」は形容動詞「長閑なり」の語幹であって、名詞でも活用語の連体形でもありません。この場合は、「長閑かな」ではなく「長閑なり」と、形容動詞の終止形に改めるべきでしょう。
2の句では、助詞の「に」に「かな」を接続していますが、これも文法的には間違った用法です。しかし、実際にはこの「……にかな」という表現は、虚子をはじめ多くの俳人が用いていて、実作例が多いのです。好意的に解釈すれば、「爪に（差す）かな」と、動詞の連体形が省略されている形と見なすことができますが、こうした表現は本来の文語表現にはない形なのです。文法に忠実であろうとするなら、「薄紅を冴返りたる爪に差す」とシンプルに表現した方がよいでしょう。

―練習2―次の各句の（　）内の語を、「かな」に接続するよう、活用させてみましょう。（答は巻末「練習問題の解答」）

①立ちならび青鬼灯の(見ゆ)かな　高野素十
②菊日和身にまく帯の(長し)かな　鈴木真砂女
③紺絣春月重く出で(き)かな　飯田龍太
④さきみちてさくらあをざめゐ(たり)かな　野澤節子

「けり」は活用語の連用形に接続

最後は、「けり」について見てみましょう。「けり」は、文法的には詠嘆を表す助動詞です。「けり」にも、「かな」と同様、明確な接続の原則があります。次の例で見てみましょう。

1　いくたびも雪の深さを尋ねけり　正岡子規
2　青葉木菟霧ふらぬ木はなかりけり　加藤楸邨
3　桐一葉日当りながら落ちにけり　高浜虚子
4　ぬかあめにぬるる丁字の香なりけり　久保田万太郎

それぞれの句で、「けり」の直前には、どんな品詞や活用形が用いられているでしょうか。

1＝動詞「尋ぬ」の連用形
2＝形容詞「なし」の連用形
3＝完了の助動詞「ぬ」の連用形
4＝断定の助動詞「なり」の連用形

となっています。このように、「けり」は活用語の連用形に接続する助動詞なのです（連用形についても、次の章で詳しく説明します）。

理論的には形容動詞の連用形にも接続できますが、例えば「しづかなりけり」のように、かなり字数を食ってしまうため、俳句における実作例は少ないようです。「けり」についても、次のような誤用がしばしば見受けられますので注意してください。

！よくある間違い

山寺の鐘の音遠く涼しけり

この句は、どこが間違っているのでしょうか。「けり」の直前の「涼し」は形容詞の終止形ですが、「けり」は連用形にしか接続しません。「涼し」の連用形は「涼しかり」ですから、正しくは「涼しかりけり」としなければならないのです。しかし、「涼しかりけり」では字数が多いので、少しでも短く表したいという気持ちから、このような誤用をおかしやすいのです。同様の作例は、久保田万太郎のような著名俳人の作にも見られますが、これは明らかな文法的間違いですので、絶対に避けるべきでしょう。

練習3 次の各句の（　）内の語を、「けり」に接続するよう、活用させてみましょう。（答は巻末「練習問題の解答」）

①磨崖仏おほむらさきを（放つ）けり　黒田杏子
②虎杖（いたどり）の花に熔岩（らば）の日（濃し）けり　勝又一透
③くろがねの秋の風鈴鳴り（ぬ）けり　飯田蛇笏
④雉子の眸のかうかうとして売ら（る）けり　加藤楸邨

「や」「かな」「けり」の併用はなぜ駄目か

古来、一句の中に「や」「かな」「けり」を同時に使うことは戒められていますが、それはなぜでしょうか。文法的に考えれば、「や」は詠嘆の間投助詞、「かな」は詠嘆の終助詞、「けり」は詠嘆の助動詞で、いずれも詠嘆を表す語なのです。たった十七音の詩の中に、二つも詠嘆を表す語が入ったのでは、どこに感動の中心があるのかわからなくなってしまい、逆に句の印象が分散してしまいます。「かな」と「けり」の併用はまずあり得ないとしても、「や」と「かな」、「や」と「けり」の併用は、句会でもしばしば見受けられます。特に、「や」と「けり」は、かなり経験のある方でもうっかり併用してしまうことがあるようです。

降る雪や明治は遠くなりにけり　中村草田男

のように、抱字（かかえじ）の「は」を間に挟んだ特別な場合を除いては、「や」と「けり」を同時に使うことは、やはり避けるべきでしょう。

第二章

品詞の分類と活用形

この章では、文語文法の一番の基本である品詞の分類と活用形について学んでゆきましょう。

品詞分類表

日本語には、全部で十の品詞があります。品詞は、次の表に従って分類されます。

これだけは覚える！

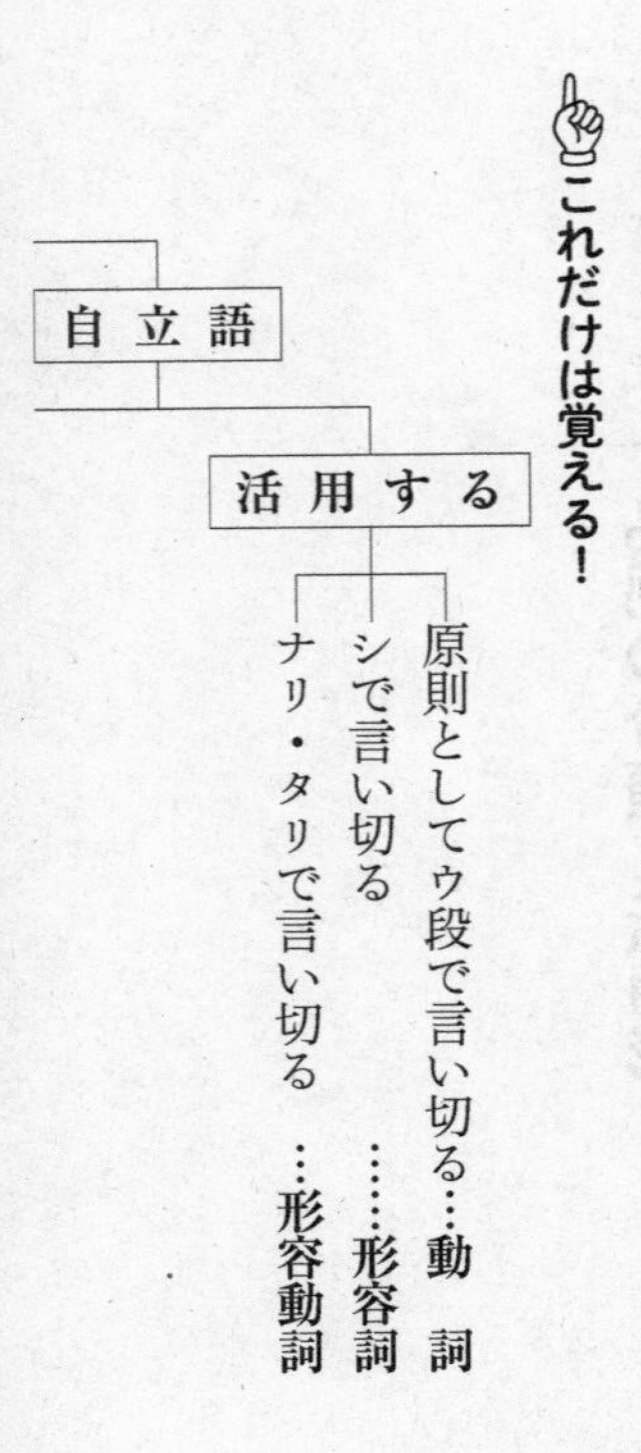

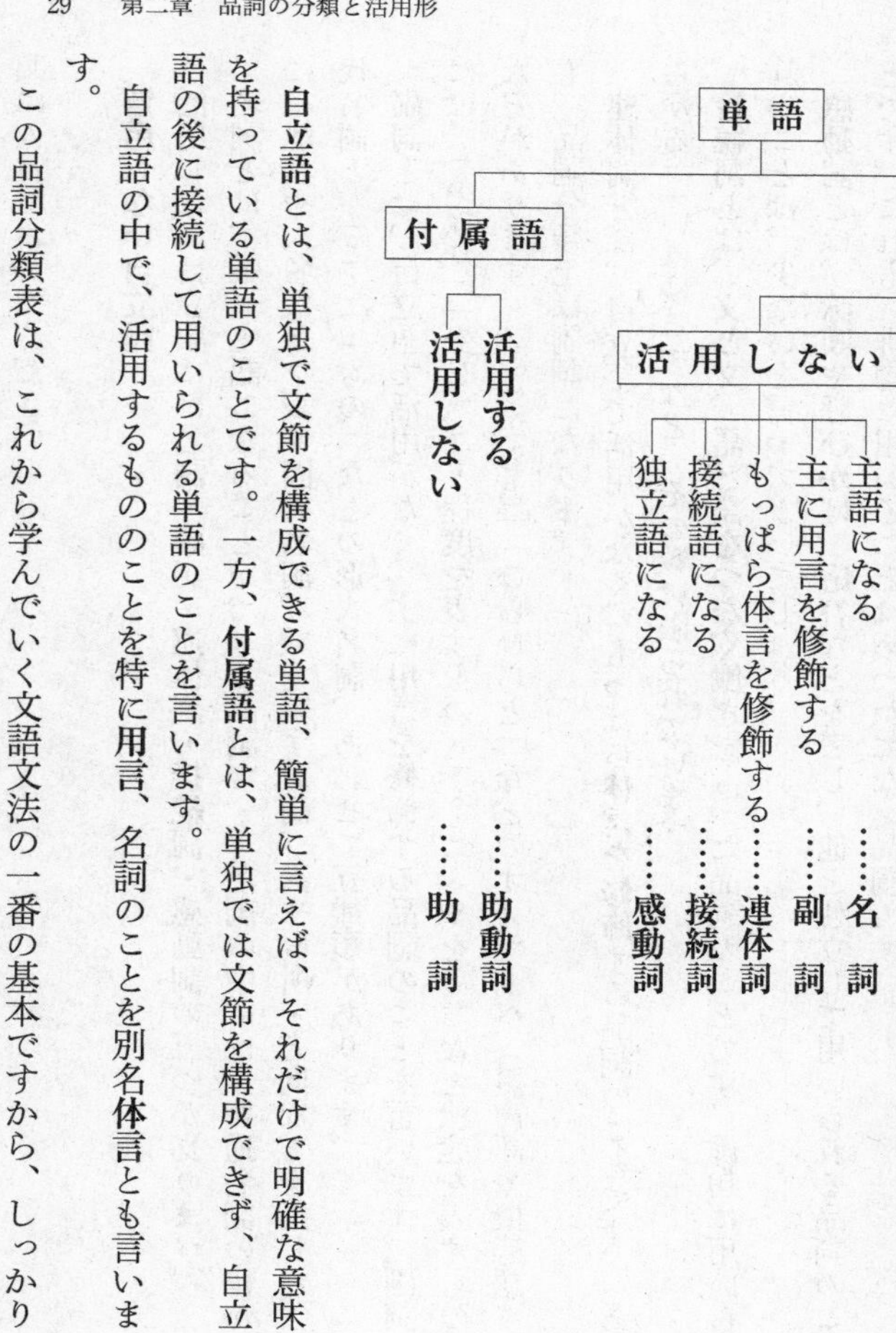

自立語とは、単独で文節を構成できる単語、簡単に言えば、それだけで明確な意味を持っている単語のことです。一方、**付属語**とは、単独では文節を構成できず、自立語の後に接続して用いられる単語のことを言います。

自立語の中で、活用するもののことを特に**用言**、名詞のことを別名**体言**とも言います。

この品詞分類表は、これから学んでいく文語文法の一番の基本ですから、しっかり頭に入れておいてください。

活用しない自立語

活用しない自立語には**名詞**・**副詞**・**連体詞**・**接続詞**・**感動詞**の五つがあります。

名詞とは、唯一主語になることができる品詞です。名詞の中には、**普通名詞**のほかに、地名や人名などを表す**固有名詞**、数を表す**数詞**、人や場所・方向などを指し示す**代名詞**と、「こと」「もの」などの**形式名詞**、あわせて五種類があります。

副詞とは、自立語で活用がなく、主に**用言を修飾**する品詞のことを言います。副詞には、「かなり」「少し」など程度を表すもの、「ふと」「やをら」など状態を表すものなどがあります。「からからと」「ひらひらと」などの**オノマトペ**（擬声語や擬態語）も、品詞分類上は副詞になります。

連体詞とは、自立語で活用がなく、もっぱら**体言を修飾**する品詞のことです。「あらゆる」「いはゆる」など、その数は限られています。

接続詞とは、**文と文**、**語と語をつなぐ**働きをもった品詞のことです。俳句に用いられることは、少ないと言ってよいでしょう。

感動詞とは、**詠嘆**や**呼びかけ**、**応答**などを表し、他と独立して用いられる品詞のことです。これも、俳句に用いることはめったにない品詞です。

活用しない自立語の中で、俳句の実作上重要なのは、名詞と副詞だと考えてよいでしょう。

では、次の練習問題に取り組んでみましょう。

練習4 次の各句の傍線部の品詞を答えてください。（答は巻末「練習問題の解答」）

①ほろ〳〵と山吹散るか滝の音　芭蕉
②ある僧の月も待たずに帰りけり　正岡子規
③大寒の一戸もかくれなき故郷　飯田龍太
④妻は我を我は枯木を見つつ暮れぬ　加藤楸邨
⑤背筋冷ゆ一言波郷死すと嗚呼（ああ）　石塚友二
⑥みちのくの淋代（さびしろ）の浜若布寄す　山口青邨
⑦されど死は水羊羹の向かう側　櫂未知子
⑧やがてわが真中を通る雪解（ゆきげ）川　正木ゆう子

活用する自立語（用言）

自立語で活用するものを用言と言います。用言は、述語になることのできる品詞で、

動詞・形容詞・形容動詞の三つがあります。

動詞は、ものの**動作・作用・存在**を表す品詞です。言い切りの形は、原則としてウ段の音ですが、「あり」など、例外的に「り」で言い切るものもあります。

一方、**形容詞**や**形容動詞**は、ものの**性質**や**状態**を表す品詞です。言い切りの形は、形容詞は「シ」、形容動詞では「ナリ」または「タリ」となります。

実作の上で、**用言**は欠かすことのできない品詞です。詳しい活用の種類については、第三章から第五章で順に説明することにして、まずは動詞・形容詞・形容動詞を見分けられるようになりましょう。

練習5 次の各句の中から用言をすべて抜き出し、その品詞を答えてください。
（答は巻末「練習問題の解答」）

① 赤蜻蛉（とんぼ）筑波に雲もなかりけり　正岡子規
② 寂寞（せきばく）と湯婆（たんぽ）に足をそろへけり　渡辺水巴
③ 蟻の列しづかに蝶をうかべたる　篠原 梵
④ 山畑に月すさまじくなりにけり　原 石鼎

付属語（助動詞・助詞）

付属語には、**助動詞**と**助詞**の二つがあります。

助動詞とは、**付属語で活用がある**品詞のことです。打消・過去・完了・受身・可能などのさまざまな意味を添える働きを持っています。

助詞は、**付属語で活用がない**品詞を言います。助詞には、その助詞がついた文節がどういう文の成分であるかを表す**格助詞**、文節と文節をつなぐ働きの**接続助詞**、さまざまな意味を添える**副助詞**、文末に特定の活用形を要求する**係助詞**、文末に用いられる**終助詞**、そして文中や文末に用いられる**間投助詞**の、全部で六種類があります。

助詞・助動詞は、文語文法の中で最も重要かつ難しい品詞です。詳細については、第六章・第七章でじっくり説明したいと思います。まずは助詞・助動詞を見分けられるようになりましょう。

練習6 次の各句の中から付属語をすべて抜き出し、その品詞を答えてください。

（答は巻末「練習問題の解答」）

①　羅（うすもの）に汗さへ見せぬ女かな　高浜年尾

②　勇気こそ地の塩なれや梅真白　中村草田男

③　海を見てをれば一列春の雁　高野素十

④　雪降れり時間の束の降るごとく　石田波郷

六つの活用形

十種類の品詞の中で、活用をするのは動詞・形容詞・形容動詞と助動詞の四つです。この四つを指して活用語と言います。これらの活用語は、六つの活用形にまたがって活用します。「言ふ」という動詞を例にとって見てみましょう。

1 凩(こがらし)を来てしばらくはもの言はず　青柳志解樹
2 日のくれと子供が言ひて秋の暮　高浜虚子
3 妻病みて髪切虫が鳴くと言ふ　加倉井秋を
4 掌をあてて言ふ木の名前冬はじめ　石田郷子
5 城跡といへど炎暑の石ひとつ　大木あまり
6 蟇(ひき)歩くさみしきときはさみしと言へ　大野林火

1の例のように、打消の助動詞「ず」に接続する活用形を未然形と言います。未然形は「ず」の他に、推量の「む」、受身の「る・らる」、使役の「す・さす」などの助動詞や、接続助詞の「ば」(仮定条件を表す場合)に接続する活用形です。

2のように、助詞の「て」に接続する活用形を連用形と言います。連用形は「て」

の他に、詠嘆の「**けり**」、完了の「ぬ」「たり」、過去の「き」などの助動詞にも接続するほか、他の**用言を修飾**することもあります。

3の例は、普通に**言い切る**形です。この形を**終止形**と言います。終止形は、「べし」「らし」などの助動詞や、逆接の接続助詞「と・とも」にも接続します。

4のように、下の**体言を修飾**する形を**連体形**と言います。「**こと**」に続く形と覚えておけばよいでしょう。連体形は、詠嘆の終助詞「**かな**」や、断定の「なり」、比喩を表す「ごとし」などの助動詞にも接続します。

5のように、逆接を表す助詞「**ど・ども**」に続く形を**已然形**と言います。已然形は、接続助詞の「ば」（確定条件を表す場合）や、完了の助動詞「り」に接続するときにも用いられます。

6の例は、**命令**するように言い切る形です。この形を**命令形**と言います。

文語文法には、以上六つの**活用形**があります。次の練習問題を解いて、感覚をつかんでください。

練習7 次の各句の傍線部の活用形を答えてください。（答は巻末「練習問題の解答」）

① バスを待ち大路の春をうたがはず　石田波郷

② 夏草に汽罐車の車輪来て止る　山口誓子

③ とどまればあたりにふゆる蜻蛉かな　中村汀女

④ 日見て来よ月見て来よと羽子をつく　相生垣瓜人

第三章

動詞

この章では、動詞の活用と、注意すべき用法について、説明します。

① 四段活用・上二段活用・下二段活用

文語の動詞には、九つの活用の種類があります。そのうち、該当する動詞の数が多いのは、四段活用・上二段活用・下二段活用の三つです。まずは、この三種類の活用について学んでゆきましょう。

四段活用

初めに、「読む」という動詞を例に、現代語と比較してみましょう。

文語の活用（四段）	口語の活用（五段）

文語		口語	
未然形	読ま（ず）	未然形	読ま（ない） 読も（う）
連用形	読み（けり）	連用形	読み（ます）
終止形	読む	終止形	読む
連体形	読む（こと）	連体形	読む（こと）
已然形	読め（ども）	仮定形	読め（ば）
命令形	読め	命令形	読め

活用において、変化しない部分（この場合は「読」）のことを**語幹**と言います。それに対して、活用形ごとに変化する部分（太字の箇所）を**活用語尾**と言います。また、文語では**已然形**になる箇所が、口語では**仮定形**と呼ばれることも知っておいてください。

さて、文語と口語の活用を比較してみると、未然形のところに違いがあるのがわかります。口語の「読む」には、「ま」と「も」という二種類の活用語尾が現れます。

口語の「読む」はマ行のア段からオ段まで、五つの段にわたって活用していますので、マ行五段活用と呼ばれます。それに対して、文語の「読む」にはオ段の活用がなく、未然形から順に「ま・み・む・む・め・め」とマ行のア段からエ段までの四つの段にわたって活用しますので、**マ行四段活用**ということになるのです。

同様に、「書く」などカ行四段活用の場合は、未然形から順に「か・き・く・く・け・け」、「話す」などサ行四段活用の場合は、未然形から順に「さ・し・す・す・せ・せ」と活用します。

上二段活用

次に、「起く」という動詞の活用について、見てみましょう。やはり、口語の「起きる」と比較してみます。

文語の活用（上二段）	
未然形	起き（ず）
連用形	起き（けり）

口語の活用（上一段）	
未然形	起き（ない）
連用形	起き（ます）

終止形	起く
連体形	起くる（こと）
已然形	起くれ（ども）
命令形	起きよ

終止形	起きる
連体形	起きる（こと）
仮定形	起きれ（ば）
命令形	起きろ・起きよ

この活用の場合、「起(お)」の部分が語幹で、太字の部分が**活用語尾**になります。口語では、活用語尾にすべて「き」の音、すなわちカ行イ段の音が現れています。よって、口語の「起きる」はカ行上一段活用と呼ばれます。それに対して、文語では、「き」と「く」、すなわちイ段とウ段の二段にわたって活用しています。したがって、「起く」は**カ行上二段活用**ということになるのです。

同様に、「落つ」は「ち・ち・つ・つる・つれ・ちよ」と活用するタ行上二段活用、「詫ぶ」は「び・び・ぶ・ぶる・ぶれ・びよ」と活用するバ行上二段活用ということになります。

下二段活用

続いて、「消ゆ」という動詞の活用について、見てみましょう。口語の「消える」と比較してみます。

文語の活用（下二段）		口語の活用（下一段）	
未然形	消え（ず）	未然形	消え（ない）
連用形	消え（けり）	連用形	消え（ます）
終止形	消ゆ	終止形	消える
連体形	消ゆる（こと）	連体形	消える（こと）
已然形	消ゆれ（ども）	仮定形	消えれ（ば）
命令形	消えよ	命令形	消えろ・消えよ

この活用の場合、「消」の部分が語幹で、**太字の部分が活用語尾**になります。口語

では、活用語尾にすべて「え」の音、すなわちア行エ段の音が現れています。よって、口語の「消える」はア行下一段活用と呼ばれます。それに対して、文語では、「え」と「ゆ」、すなわちヤ行のウ段とエ段の二段にわたって活用しています。したがって、文語の「消ゆ」は**ヤ行下二段活用**ということになるのです。

同様に、「掛く」は「け・け・く・くる・くれ・けよ」と活用するカ行下二段活用、「出づ」は「で・で・づ・づる・づれ・でよ」と活用するダ行下二段活用ということになるわけです。

活用の種類の識別法

文語の動詞の大多数は、今説明した、四段・上二段・下二段のいずれかの活用に分類されます。それ以外の活用をする動詞は、ごく限られているのです。

では、どうすれば簡単に活用の種類を識別することができるでしょうか。

三つの活用で、はっきり違いが現れるのは**未然形**です。**四段活用**では、未然形に**ア段**の音が現れるのに対して、**上二段活用**では**イ段**の音が、**下二段活用**では**エ段**の音が現れます。次の例で見てみましょう。

食ふ → **食は**ず　…**ア段**の音　→　ハ行四段活用

老ゆ ↓ 老いず …**イ段**の音 ↓ ヤ行上二段活用
流る ↓ 流れず …**エ段**の音 ↓ ラ行下二段活用

このように、打消の「ず」に続けてみて、その直前の音が何段の音かを見れば、すぐに活用の種類を識別することができます。

では、次の練習問題で確認してみましょう。

練習8 次の各句の傍線部の動詞の、活用の種類と活用形を答えてください。（答は巻末「練習問題の解答」）

① 手が顔を撫(な)づれば鼻のつめたさよ　高浜虚子
② 郭公(かっこう)や何処(どこ)までゆかば人に逢はむ　臼田亜浪
③ 神田川祭の中をながれけり　久保田万太郎
④ よき櫛(くし)の我が身と古(ふ)りぬ木の葉髪　松本たかし
⑤ 真直(まっすぐ)なる幹に雨沁(し)む二月尽　福永耕二
⑥ 春雷(しゅんらい)は空にあそびて地に降りず　福田甲子雄

練習9 次の各句の（　）内の動詞を、正しく活用させてみましょう。（答は巻末「練習問題の解答」)

① 泡盛や汚れて（老ゆ）人の中　　石塚友二
② 霜夜来て何（考ふ）煙草の輪　　森　澄雄
③ 雪の雷若狭酒蔵（ゆるがす）ぬ　　橋本鶏二
④ かろき子は月に（あづく）む肩車　　石　寒太
⑤ 丹頂の紅一身を（貫く）り　　正木浩一

揺れ動く上二段・下二段

現代の俳句を見渡してみると、上二段活用と口語の上一段活用、下二段活用と口語の下一段活用が、実際にはかなり混在して用いられていることがわかります。次の例を見てみましょう。

1 よろこべばしきりに落つる木の実かな　　富安風生
2 落ちる時椿に肉の重さあり　　能村登四郎
3 家にゐても見ゆる冬田を見に出づる　　相生垣瓜人
4 石菖や窓から見える柳ばし　　永井荷風

1の句は、上二段動詞「落つ」の連体形「落つる」を用いているのに対し、2では

「落ちる」と、口語の上一段動詞の連体形が用いられています。2の句では、一方で「あり」という文語のラ変動詞が使われていますので、厳密に言えば文語と口語の活用が混在していることになります。同様に、3の句は、下二段動詞「見ゆ」の連体形「見ゆる」が使われているのに対し、4の句では、「や」という文語を用いているにもかかわらず、口語の下一段動詞「見える」が使われています。

こうした上二段の上一段化、下二段の下一段化は、特に連体形と已然形に多く見られます(終止形の場合は、「落つ」「見ゆ」が用いられることが多いようです)。こうした現象は、実際には、すでに江戸時代から始まっていました。例えば、

5 瘦蛙(やせがえる)まけるな一茶是(これ)に有り　一茶

のように、近世の作品でも下一段活用を用いている例があるのです。

このような現状を鑑(かんが)みると、俳句の実作上、上二段・下二段動詞の連体形と已然形については、上一段・下一段活用が用いられることも許容してよいのではないかと、私は考えています。

終止形と連体形の誤用

上二段と下二段については、次のような間違いがよく見受けられます。

❗よくある間違い

湖（うみ）に出て二手に分かる雁（かり）の列

この句の「分かる」は、口語の「分かれる」の意味のラ行下二段動詞で、活用は「れ・れ・る・るる・るれ・れよ」となります。ということは、傍線部の「分かる」は終止形ということになりますが、終止形はそこで言い切る形ですので、

湖に出て二手に分かる／雁の列

のように、意味的に切れることになってしまいます。

しかし、この句で「分かれる」のは明らかに「雁の列」です。「分かる」を「雁の列」に掛かるようにするには、連体形にしなければなりません。「分かる」の連体形は「分かるる」ですが、

湖に出て二手に分かるる雁の列

とすると、今度は中八になってしまいます。このような場合には、意味のほぼ同じ動詞「割る」を用いて、

湖に出て二手に割るる雁の列

のように、推敲するのがよいでしょう。

② 上一段活用・下一段活用

続いて、上一段活用、下一段活用について説明します。

数少ない上一段活用

まずは、「見る」という動詞を例に、口語と比較してみましょう。

文語の活用（上一段）	
未然形	見（ず）
連用形	見（けり）

口語の活用（上一段）	
未然形	見（ない）
連用形	見（ます）

終止形	見る
連体形	見る（こと）
已然形	見れ（ども）
命令形	見よ

終止形	見る
連体形	見る（こと）
仮定形	見れ（ば）
命令形	見ろ・見よ

このように、「見る」という動詞は文語でも口語でも上一段活用で、命令形の「見ろ」が文語にはない点を除けば、全く同じ活用をします。「見る」の場合、語幹と活用語尾の区別がなく、「み・み・みる・みる・みれ・みよ」と活用しますので、マ行**上一段活用**と呼ばれます。

同様に、「着る」は「き・き・きる・きる・きれ・きよ」と活用するカ行上一段、「似る」は「に・に・にる・にる・にれ・によ」と活用するナ行上一段ということになります。

文語で、上一段活用をするのは次の限られた動詞です。

着る・見る・似る・煮る・射（い）る・鋳（い）る・居（ゐ）る・率（ゐ）る・干（ひ）る

の九語と、その複合語。それぞれの頭の文字を取って「き・み・に・い・ゐ・ひ（＝君にいい日）」と覚えましょう。これ以外の、口語で上一段活用になる動詞の大半は、文語では上二段活用となります。

下一段活用は「蹴る」一語

次に、「蹴る」という動詞の活用を、口語と比較してみましょう。

文語の活用（下一段）		口語の活用（五段）	
未然形	**蹴**（ず）	未然形	**蹴ら**（ない） **蹴ろ**（う）
連用形	**蹴**（けり）	連用形	**蹴り**（ます）
終止形	**蹴る**	終止形	**蹴る**
連体形	**蹴る**（こと）	連体形	**蹴る**（こと）
已然形	**蹴れ**（ども）	仮定形	**蹴れ**（ば）

命令形	蹴よ	命令形	蹴れ

このように、「蹴る」という動詞は、口語では五段活用なのに、文語では四段ではなくカ行下一段活用になります。文語における下一段活用の動詞は「蹴る」一語のみです。口語で下一段に活用する動詞は、文語では基本的に下二段活用となります。

しかし、俳句における実作例を見てみると、文語句でも、口語の五段活用の「蹴る」が混在して用いられている例が、かなり多いのです。

1　蹴あげたる鞠のごとくに春の月　　富安風生

2　ぶらんこや山蹴りあげて海へひく　　池津海彦

この二句の場合、どちらも複合動詞としての用例ですが、1の句では文語の下一段活用の連用形「蹴」に「あぐ（上ぐ）」が接続しているのに対し、2の句では口語の五段活用の連用形「蹴り」に「あぐ」を接続させています。

このように、現代の俳句においては、文語の下一段活用の「蹴る」と口語の五段活用の「蹴る」が拮抗し、混在しているのが実情です。実作上は、その句のリズムや雰囲気に合わせて、使い分けるのが適当でしょう。

では、上一段と下一段の練習問題をやってみましょう。

練習10 次の各句の傍線部の動詞の、活用の種類と活用形を答えてください。
（答は巻末「練習問題の解答」）

① 八方に音捨てゐる冬の滝　飯田龍太
② セル着れば風なまめけりおのづから　久保田万太郎
③ やや高く破船に似たる古巣あり　七田谷まりうす
④ はつなつやかう書いてみむ巴芹（パセリ）なら　中原道夫
⑤ 桃の花牛の蹴る水光りけり　沢木欣一

③ カ行変格活用・サ行変格活用

次は、カ行変格活用とサ行変格活用についてです。

カ行変格活用は「来」一語

「来（く）」という動詞の活用について考えてみましょう。

文語の活用（カ変）	口語の活用（カ変）

未然形	来（ず）
連用形	来（けり）
終止形	来
連体形	来る（こと）
已然形	来れ（ども）
命令形	来・来よ

未然形	来（ない）
連用形	来（ます）
終止形	来る
連体形	来る（こと）
仮定形	来れ（ば）
命令形	来い

このように、「来」という動詞は、カ行の動詞ですが、「こ・き・く・くる・くれ・こ（こよ）」と、これまでに出てきた活用とは大きく異なる特殊な活用をします。よって、文法的には**カ行変格活用**と呼ばれます。口語の「来る」も同様にカ行変格活用の動詞ですが、文語と口語では、終止形と命令形に違いがありますので注意してください。

カ行変格活用をするのは、基本的に「来」一語のみですが、「走り来」「降り来」などの複合動詞も、同様にカ変と考えます。

サ行変格活用は「す」「おはす」の二語

今度は、「す」という動詞の活用について考えてみましょう。

文語の活用（サ変）	
未然形	せ（ず）
連用形	し（けり）
終止形	す
連体形	する（こと）
已然形	すれ（ども）
命令形	せよ

口語の活用（サ変）	
未然形	し（ない） さ（せる） せ（ず）
連用形	し（ます）
終止形	する
連体形	する（こと）
仮定形	すれ（ば）
命令形	しろ・せよ

このように、「す」という動詞は、サ行の動詞ですが、「せ・し・す・する・すれ・せよ」という、やはり特殊な活用をしますので、サ行変格活用と呼ばれます。口語の「する」も同様にサ行変格活用ですが、文語とは未然形・終止形・命令形に違いがあります。むしろ、文語の「す」の方がすっきりした覚えやすい活用と言えます。

サ行変格活用をする動詞は、基本的には「す」「おはす」の二語のみです。「おはす」は「いらっしゃる」の意味の尊敬語の動詞ですが、俳句に用いられる例は稀です。むしろ、「託す」「信ず」など「す」の複合動詞もサ変になるということを、しっかり覚えておいてください。「信ず」の場合、活用は「ぜ・じ・ず・ずる・ずれ・ぜよ」とザ行になりますが、文法的にはサ行変格活用と呼びます。

では、カ変とサ変の練習問題を考えてみましょう。

練習11　次の各句の傍線部の動詞の、活用の種類と活用形を答えてください。

（答は巻末「練習問題の解答」）

①　山路来て何やらゆかしすみれ草　　芭　蕉

②　きさらぎが眉のあたりに来る如し　　細見綾子

③　泣初（なきぞめ）の子に八幡の鳩よ来よ　　宮下翠舟

④ 横浜やぶらんこを愛す　永島靖子
⑤ 狐火を信じ男を信ぜざる　富安風生

「来ぬ」か「来ぬ」か

さて、次の「来ぬ」は、それぞれどう読んだらいいでしょうか。

1 誰も来ぬ三日や墨を磨り遊ぶ　殿村菟絲子
2 子の髪の風に流るる五月来ぬ　大野林火

1の句の「来ぬ」は、内容的に、誰も「来ない」の意味だと判断できます。このような場合の「ぬ」は打消の助動詞「ず」の連体形です。打消の「ず」に続く形は未然形ですので、読み方は「来ぬ」となります。

一方、2の句は、五月が「来ない」という意味ではなく、五月が「来た」という意味です。この場合の「ぬ」は完了の助動詞「ぬ」の終止形です。完了の「ぬ」は連用形に接続する助動詞ですので、読み方は「来ぬ」となるのです。

「来ぬ」と読むか「来ぬ」と読むかは、その句の内容をよく考えれば、すぐに識別できると思います。

「……す」か「……する」か

続いて、サ変の注意すべき用法について考えてみましょう。次の句は、どこが文法的に誤っているでしょうか。

よくある間違い

障子張り替へて母の忌修すかな

この句の「修す」は、サ変動詞の終止形です。しかし、「かな」は第一章でも述べたように連体形接続の助詞ですので、終止形の「修す」には接続しないのです。正しくは、「修す」の連体形「修する」に「かな」を付けて「修するかな」としなければなりません。しかし、これでは字余りが気になります。このような場合には、「かな」ではなく「けり」を用いて、

障子張り替へて母の忌修しけり

と改めるのがよいでしょう。

同様に、「修すこと」「修す日」なども誤りということになります。正しくは、「修すること」「修する日」となります。

少しでも字数を節約したい意識から、「修すかな」のような表現をしてしまいがちになるようですが、明らかな文法的間違いはやはり正すべきでしょう。

④ ナ行変格活用・ラ行変格活用

残る二つの活用は、ナ行変格活用とラ行変格活用です。

ナ行変格活用は「死ぬ」「去ぬ」二語

ナ行変格活用は、口語にはない活用です。まずは「死ぬ」という動詞を例に、口語と比較してみましょう。

文語の活用（ナ変）		口語の活用（五段）	
未然形	死な（ず）	未然形	死な（ない） 死の（う）
連用形	死に（けり）	連用形	死に（ます）

終止形	死ぬ
連体形	死ぬる（こと）
已然形	死ぬれ（ども）
命令形	死ね

終止形	死ぬ
連体形	死ぬ（こと）
仮定形	死ね（ば）
命令形	死ね

文語の「死ぬ」の活用は、四段活用によく似ていますが、連体形と已然形が四段活用とは異なり、「死ぬこと」ではなく「死ぬること」、「死ねども」ではなく「死ぬれども」となります。このように「な・に・ぬ・ぬる・ぬれ・ね」と活用する動詞は、**「死ぬ」と「去(い)ぬ（往(い)ぬ）」**の二語しかありません。よって、**ナ行変格活用**と呼ばれます（ちなみに、文語ではナ行四段活用の動詞というのはありません）。

それに対して、口語の「死ぬ」はナ行五段活用です。俳句で「死ぬこと」「死ぬもの」と出て来たら、それは口語の「死ぬ」を用いていることになります。

死ぬものは死にゆく躑躅(つつじ)燃えてをり　　臼田亜浪

この句の場合、下五では「をり」とラ変動詞の終止形を用いているにもかかわらず、上五では「死ぬるもの」ではなく「死ぬもの」と、口語のナ行五段活用を用いています。こうした例が実に多いのです。

本来、文語と口語を一句の中で混在させることは避けるべきことです。しかし、ナ変動詞については、現代の日本語の中でその意識がかなり薄れている状況を鑑みると、こうした混在もある程度許容せざるを得ないのではないかと、私は考えています。

ラ行変格活用は「あり」「をり」など四語

次に、「あり」という動詞の活用を、口語の「ある」と比較してみましょう。

文語の活用（ラ変）	
未然形	あら（ず）
連用形	あり（けり）
終止形	あり

口語の活用（五段）	
未然形	あら（ぬ） あろ（う）
連用形	あり（ます）
終止形	ある

連体形	**ある**（こと）	連体形	**ある**（こと）
已然形	**あれ**（ども）	仮定形	**あれ**（ば）
命令形	**あれ**	命令形	**あれ**

文語の「あり」の活用も、四段活用によく似ていますが、一箇所だけ終止形に違いがあります。四段であれば、「ある」となるところが、「あり」で終止形となるのです。

このように、「ら・り・り・る・れ・れ」と活用する動詞を**ラ行変格活用**といいます。

ラ変活用をする動詞は次の**四語のみ**です。

あり・をり・侍（はべ）り・いまそかり（いますがり）

この内、「**あり**」「**をり**」は、俳句でもきわめて使用頻度の高い動詞ですので、しっかり覚えておいてください。「侍り」「いまそかり」は「あり」「をり」の敬語動詞ですが、俳句に使われることはめったにありません。

ちなみに、ラ変動詞は、口語ではラ行五段活用となりますが、俳句では圧倒的に文語のラ変の用例が多いようです。

では、ナ変とラ変の練習問題を考えてみましょう。

練習12 次の各句の傍線部の動詞の、活用の種類と活用形を答えてください。
（答は巻末「練習問題の解答」）

① 大寒の埃（ほこり）の如く人死ぬる　高浜虚子
② 牡丹の芽当麻（たいま）の塔の影とありぬ　水原秋櫻子
③ 何もかも知つてをるなり竈猫（かまどねこ）　富安風生
④ 囀（さえずり）に色あらば今瑠璃（るり）色に　西村和子
⑤ 燕去ぬ浮桟橋のひたひたと　大島雄作

⑤ 動詞の活用のまとめ

これまで、文語の動詞の活用について説明してきました。文語には、あわせて九種類の活用の種類があります。それをどう識別したらよいのか、もう一度整理してみましょう。

これだけは覚える！

動詞の活用の識別法

●数少ない活用は覚える！

着る・見る・似る・煮る・射る・鋳る
居る・率る・干る　の九語とその複合語↓上一段
蹴る　一語のみ↓下一段
来　一語とその複合語↓カ変
す・おはす　二語とその複合語↓サ変
死ぬ・去ぬ（往ぬ）　二語のみ↓ナ変
あり・をり・侍り・いまそかり　四語↓ラ変

●それ以外は未然形で識別！

未然形に**ア段**の音↓**四段**
未然形に**イ段**の音↓**上二段**
未然形に**エ段**の音↓**下二段**

この原則さえしっかり覚えておけば、すべての動詞の活用の種類を見分けることができます。

注意すべき動詞

原則をしっかり覚えた上で、後は注意すべきいくつかの動詞について、頭に入れておきましょう。特に、紛らわしいのは、ア行・ハ行・ヤ行・ワ行の識別です。

これだけは覚える！

○ア行の動詞は「得（う）」とその複合語のみ

文語でア行に活用するのは、ア行下二段の「得（う）」一語と、その複合語「心得（う）」「所得（う）」のみです。それ以外の動詞で、活用語尾に「い」「え」が表れていたら、それはヤ行の「い」「え」であるということです。

○ヤ行上二段は「老ゆ」「悔ゆ」「報ゆ」三語のみ

ヤ行の動詞はたくさんありますが、中でも**ヤ行上二段は、「老ゆ」「悔ゆ」「報ゆ」**三語しかありません。

よく句会で、「老ひて」「老ゐて」などの表記を見かけますが、これは間違いです。ヤ行の「い」はア行の「い」と表記上は同じですから、「老いて」と書かなければなりません。

○ワ行下二段は「植う」「飢う」「据う」三語のみ

同様に、ワ行下二段も「植う」「飢う」「据う」三語しかありません。

やはり「植えて」「植へて」などの表記をしばしば見かけますが、「植ゑて」が正しい表記です。

○「耐ふ」はハ行、「絶ゆ」はヤ行

口語では、同じ「たえる」という発音の動詞ですが、文語では全く異なります。「耐ふ」は「へ・へ・ふ・ふる・ふれ・へよ」と活用する**ハ行下二段活用**、一方の「**絶ゆ**」は「え・え・ゆ・ゆる・ゆれ・えよ」と活用する**ヤ行下二段活用**です。紛らわしいので、注意して覚えてください。

これ以外の動詞で、ヤ行かハ行か、またはワ行か迷うことがあったら、面倒がらずに手元の辞書などで確認してみてください。それを繰り返すことで、活用の行も自然と頭に入ってくるようになるはずです。

では、練習問題を考えてみましょう。

練習13 次の各句の傍線部の動詞の、活用の種類と活用形を答えてください。(答は巻末「練習問題の解答」)

① 絶えず人いこふ夏野の石一つ　正岡子規
② 死病得て爪うつくしき火桶かな　飯田蛇笏
③ おそるべき君等の乳房夏来る　西東三鬼
④ わが母とゐるごとく居て炭火美し　岡本眸

練習14 次の各句の傍線部表記が正しければ○、誤っていれば正しく改めてください。(答は巻末「練習問題の解答」)

① 田一枚植えて立ち去る柳かな　芭蕉
② 蚊の声のひそかなるとき悔いにけり　中村草田男
③ 走馬燈消へてしばらく廻りけり　村上鬼城
④ 踏切を越ゑ早乙女となりゆけり　波多野爽波
⑤ 真昼見て百日紅の衰へず　後藤夜半
⑥ 螢の夜老ひ放題に老ひんとす　飯島晴子

「もみづ」は要注意！

文語には、「紅葉する」という意味の「もみづ」という動詞があって、その時期になると句会にもたくさん出されます。しかし、この動詞に関する誤用が実に多いのです。

！よくある間違い

もみづりて日暮をいそぐ湖の色

「もみづ」は「紅葉（もみぢ）」が動詞化したダ行上二段動詞で、「ぢ・ぢ・づ・づる・づれ・ぢよ」と活用します。例句のような「もみづりて」という形は、文法的にあり得ません。この場合は、サ変の複合動詞「紅葉（もみぢ）す」を用いて、

紅葉して日暮をいそぐ湖の色

と推敲するのがよいでしょう。ちなみに、「もみぢけり」「もみづるや」「もみづれば」などは、文法的に問題ありません。十分注意して用いてください。

⑥ 動詞の音便

音便という言葉を聞いたことがあるでしょうか。まずは、音便とは何かを説明しましょう。

音便とは何か

まずは、現代語の例文を挙げて考えてみましょう。

1 花が咲いて、鳥がさえずる。
2 真実を問うてみる。
3 ボールが高く飛んでゆく。
4 本当のことを知っている。

1の「咲く」という動詞は、口語ではカ行五段活用で、連用形は「咲き」です。したがって、本来なら「咲きて」となるべきところですが、実際にはそうは言わず、「咲いて」と言っています。同様に、2は「問いて」、3は「飛びて」、4は「知りて」が本来の形ですが、実際には「問うて」「飛んで」「知って」と言っています。このように、主として発音上の便宜から、本来の活用にない音に変化する現象を、文法的には音便と呼んでいます。

音便の四種類

こうした現象は、文語においても起こります。いずれも連用形で、後に接続助詞の「て」や完了の助動詞「たり」が接続する場合に現れます。

動詞の音便には、次の四種類があります。

①書きて→書いて……イ音便（イ音に変化）
②言ひて→言うて……ウ音便（ウ音に変化）
③死にて→死んで……撥音便（ン音に変化）
④立ちて→立つて……促音便（つまる音に変化）

原則的に、カ行・ガ行の四段動詞はイ音便に、ハ行の四段動詞はウ音便に、バ行・マ行の四段動詞とナ変動詞は撥音便に、タ行・ハ行・ラ行の四段動詞とラ変動詞は促音便になります。例句で見てみましょう。

1　泡ひとつ抱いてはなさぬ水中花　　富安風生

2　物忌みと言うて西せり秋の人　　藤田湘子
3　雨呼んで羊蹄の花了りけり　　星野麥丘人
4　翅わっててんたう虫の飛びいづる　　高野素十

1の「抱く」はカ行四段動詞です。よって、イ音便の「抱いて」となります。2の「言ふ」はハ行四段動詞です。「言って」と促音便になることもありますが、ここでは「言うて」とウ音便になっています。同様に、3の「呼ぶ」は、バ行四段動詞なので撥音便の「呼んで」に、4の「わる」はラ行四段動詞なので促音便の「わって」に、それぞれ変わります。

この中で、俳句の実作上、特に注意が必要なのはウ音便です。

! よくある間違い

いつまでも笑ふてをりぬ捨案山子

「笑ふ」はハ行四段活用ですので、連用形は「笑ひ」です。「て」に続く場合、「笑ひて」が本来の形ですが、これが音便になる場合は**ウ音便**（または促音便）になります。ウ音便の「ウ」はア行の「う」であって、ハ行の「ふ」ではありません。よって、正しくは「笑うて」（または「笑つて」）としなければならないのです。

同様に、イ音便の「イ」もア行の「い」で、ハ行の「ひ」やワ行の「ゐ」になることは決してありません。この種の間違いは、句会でも頻繁に見受けられますので、十分に注意してください。

では、音便についての練習問題を考えてみましょう。

一練習15一次の各句の（　）内の部分を、適当な音便の形に直してください。（答は巻末「練習問題の解答」）

① 夏山や雲（湧きて）石横たはる　　正岡子規
② 鰺刺（あじさし）の（搏（う）ちたる）嘴（はし）のあやまたず　　水原秋櫻子
③ 枕木を（わたりて）来る蝮（まむし）捕　　小原啄葉
④ 苗束の双つ（飛びたる）水の空　　石田勝彦
⑤ 竹の丈（揃ひて）をらず垣繕ふ　　山内繭彦

「買ひて」「買うて」「買つて」

同じ句を、次の三通りに表現してみます。どれが最も適切な形でしょうか。

1　花菜漬買ひて明るき傘ひらく
2　花菜漬買うて明るき傘ひらく
3　花菜漬買つて明るき傘ひらく

「買ふ」はハ行四段動詞です。1は、その連用形「買ひ」に「て」を接続させた本来の形で、音便にはなっていません。それに対して、2はウ音便、3は促音便に、それぞれなっています。ハ行四段動詞はウ音便にも促音便にもなりますので、どれも文法的には正しい形です。
どの形を使うかは、その句の内容に応じて、響きやリズム感などを勘案して選択するのがよいでしょう。

⑦ 自動詞・他動詞

最後に、自動詞と他動詞について説明します。

自動詞・他動詞とは

まずは、簡単な現代語の例文で考えてみましょう。

1　川の水が流れる。
2　トイレの水を流す。

1の「流れる」は、「水」を主語にした言い方で、いわゆる目的語を必要としません。一方、2の文の主語は自分自身で、「水」という目的語を「流す」と言っています。

1のように、目的語を必要とせず、他に作用を及ぼさない動詞のことを自動詞、2のように、目的語を必要とし、他のものに作用を及ぼす動詞のことを他動詞と言っています。

自動詞と他動詞の対応関係

では、文語における自動詞と他動詞は、互いにどう対応しているのでしょうか。次の表で見てみましょう。

	自動詞	他動詞
A	水（が）**流る**（ラ行下二段）	水を**流す**（サ行四段）
B	戸（が）**開く**（カ行四段）	戸を**開く**（カ行四段）
C	船（が）**沈む**（マ行四段）	船を**沈む**（マ行下二段）

まず、Aの例は、「流る」と「流す」のように、初めから動詞の形そのものが異なるパターンです。「残る」に対し「残す」、「帰る」に対し「帰す」なども同様のパターンになります。この場合、当然、活用の種類も自動詞と他動詞で異なります。

次のBの例は、「開く」のように全く同じ動詞が、文脈によって自動詞になったり他動詞になったりするパターンです。この場合、活用の種類も同じになります。

最後のCは、「沈む」のように終止形は同じなのですが、四段活用の場合は自動詞、下二段活用の場合は他動詞というように、活用の種類によって、自動詞と他動詞に使い分けられているパターンです。

俳句の実作上、注意したいのは、このCのパターンです。現代語の他動詞では「沈める」となるところが、文語では「沈む」と、自動詞と同形になってしまうため、特に紛らわしいのです。同様の動詞には、「入る」「立つ」「並ぶ」などがあります。次の例を見てみましょう。

片陰へ子を入れ若き母が入る　川崎展宏

この句には、二回「入る」という動詞が使われていますが、それぞれ自動詞・他動詞のどちらでしょうか。

上の「入れ」は「子を」という目的語をとっていて、活用は下二段活用になっています。現代語に直せば「入れる」の意味で用いられており、こちらは他動詞です。それに対して、下の「入る」は、「母」を主語とし、その母自身が片陰へ「入る（はい）」という意味で用いられていますので、自動詞ということになります。この場合、活用はラ行四段活用になるのです。では、練習問題で確認してみましょう。

練習16 次の各句の傍線部の動詞は、自動詞か他動詞か、また活用の種類は何か、答えてください。（答は巻末「練習問題の解答」）

① 芭蕉咲き甍（いらか）かさねて堂立てり　水原秋櫻子

② 岩に爪たてて空蟬（うつせみ）泥まみれ　西東三鬼

③ 黙禱のうなじが並ぶ極暑かな　源　鬼彦

④ 暑き故ものをきちんと並べをる　細見綾子

実作上の注意

自動詞・他動詞を知っていることが、俳句の実作上どうして必要なのでしょうか。次の例で考えてみましょう。

❗よくある間違い

腐葉土のほのかなぬくみ冬深む

冬になると、よくこの「冬深む」という表現を見かけます。しかし、これは文法的にはおかしな表現なのです。「深む」はマ行下二段活用の他動詞で、現代語の「深める」にあたる動詞です。したがって、「冬深む」とは「冬を深める」の意味になってしまいます。この句の作者は、「冬が深まる」の意味で使っているのでしょうから、明らかに言葉が違います。他動詞「深む」に対応する自動詞は、文語でも「深まる」です。よって、

腐葉土のほのかなぬくみ冬深まる

が、文法的には正しい表現ということになります。しかし、これでは下五が字余りになってしまって、落ちつきません。推敲の方法としては、

腐葉土のほのかなぬくみ冬深し

と、形容詞に改めるのがよいでしょう。

第四章

形容詞

この章では、形容詞の活用について説明します。

形容詞のク活用

形容詞とは、用言の一種で、「白し」「温かし」などのように、ものの性質や状態を表す品詞のことです。

では、具体的に形容詞がどのような活用をするか、「高し」を例に、口語と比較してみましょう。

	文語の活用	口語の活用
未然形	高く（は） 高から（ず）	高かろ（う）

文語		口語	
連用形	高く（なる） 高かり（けり）	連用形	高く（なる） 高かっ（た）
終止形	高し	終止形	高い
連体形	高き（こと） 高かる（べし）	連体形	高い（こと）
已然形	高けれ（ども）	仮定形	高けれ（ば）
命令形	高かれ	命令形	

この表の中で、変化しない「高」の部分が語幹、活用形によって変化する太字の部分が活用語尾です。文語と口語の活用を比較すると、ほとんどの活用形が異なっていることがわかります。また、口語の形容詞には命令形がありませんが、文語の形容詞には命令形もあります。

ですから、文語の形容詞をマスターするためには、まず、このタイプの活用をしっかり頭に入れておくことが肝要です。上から順に、

く・から／く・かり／し／き・かる／けれ／かれ

と丸暗記してしまいましょう。

このように、未然形・連用形に「く」という活用語尾が現れる形容詞の活用を、ク活用と言っています。

形容詞のシク活用

続いて、「寂し」の活用について、やはり口語と比較してみましょう。

文語の活用		口語の活用	
未然形	寂しく（は） 寂しから（ず）	未然形	寂しかろ（う）
連用形	寂しく（なる） 寂しかり（けり）	連用形	寂しく（なる） 寂しかっ（た）

終止形	寂し
連体形	寂しき（こと） 寂しかる（べし）
已然形	寂しけれ（ども）
命令形	寂しかれ

終止形	寂しい
連体形	寂しい（こと）
仮定形	寂しけれ（ば）
命令形	

口語の「寂しい」の場合、「寂し」までを語幹と見なしますので、活用語尾の変化は先ほどの「高い」の場合と全く同じです。しかし、文語の「寂し」の場合は「寂」のみを語幹とし、「し」以下の部分が活用語尾となります（終止形が「寂しし」とはならないからです）。したがって、活用は上から順に、

しく・しから／しく・しかり／し／しき・しかる／しけれ／しかれ

となります。このように、未然形・連用形に「しく」という活用語尾が現れる形容詞の活用を、**シク活用**と言っています。

しかし、これを丸暗記する必要はありません。先ほどのク活用をしっかり覚えてい

れば、その終止形以外の部分に「し」を付けてやればシク活用になるわけです。

すべての文語の形容詞は、**ク活用**か**シク活用**のいずれかに該当します。では、ここまでの内容を練習問題で確認しておきましょう。


―練習17― 次の各句の傍線部の形容詞の、活用の種類と活用形を答えてください。

（答は巻末「練習問題の解答」）

① 豆飯や軒うつくしく暮れてゆく　山口青邨
② むらさきのさまで濃からず花菖蒲　久保田万太郎
③ をみな等も涼しきときは遠（おち）を見る　中村草田男
④ 吾子たのし涼風をけり母をけり　篠原鳳作
⑤ 夕焼の長かりしあと飽食ふ　森　澄雄
⑥ 竹の子の小さければ吾子かがみこむ　大串　章

カリ活用とその用法
形容詞「高し」の活用を、改めて活用表にまとめてみます。

語幹	未然	連用	終止	連体	已然	命令
高	く	く	し	き	けれ	
	から	**かり**	（かり）	**かる**		**かれ**

この表の左側の列、「**から・かり**・（かり）・かる・〇・**かれ**」のことを、特に**カリ活用**と言います。カリ活用は、よく見ると、ラ変動詞の活用によく似ています。それもそのはず。もともとは、

高く＋あり→高かり

のように変化してできた形なのです。

活用表を見ると、未然形に「く・から」、連用形に「く・かり」、連体形には「き・かる」と、それぞれ二つの活用形がありますが、これはどのように使い分ければよいのでしょうか。次の表で見てみましょう。

未然形	連用形	連体形
高くは	高くなる 高くて	高きこと 高きかな
高からず	**高かりけり**	**高かるべし**

未然形について見ると、後に仮定条件を表す助詞「は」が接続する場合には「高く」が、「ず」などの**助動詞**が接続する場合には**カリ活用**の「高から」が用いられます。

連用形では、後に「なる」などの**用言**が来る場合や、「て」などの**接続助詞**が接続する場合には「高く」が、「けり」などの**助動詞**に接続する場合には**カリ活用**の「高かり」が用いられます。

同様に連体形においても、「こと」などの**体言**や「かな」などの**終助詞**に接続する場合には「高き」が用いられるのに対して、「べし」などの**助動詞**に接続する場合には**カリ活用**の「高かる」が用いられます。

要するに、**カリ活用**は、助動詞に接続する場合に、主に用いられる形だということです。

練習18 次の各句の（　）内の形容詞を、適当な活用形に改めてください。（答は巻末「練習問題の解答」）

① 糸瓜より糸瓜の影の（長し）かな　　無事庵
② （をさなし）て昼寝の国の人となる　　田中裕明
③ 優曇華（うどんげ）や（おもしろし）し母との世　　西嶋あさ子

形容詞の音便

前章で、動詞の音便について説明しましたが、形容詞にも音便があります。現代の俳句に用いられる形容詞の音便は、イ音便とウ音便です。

1　赤い椿白い椿と落ちにけり　　河東碧梧桐
2　おもしろうてやがてかなしき鵜舟（うぶね）かな　　芭蕉

1の句は、「にけり」を使っていますので明らかに文語句です。ですから、普通なら「赤き」「白き」となるべきところですが、「赤い」「白い」と表現されています。これは、口語と文語が混在しているわけではなく、連体形の「赤き」「白き」が音便になっているのです。このように、形容詞の連体形の「…き」の子音が取れて「…い」となるのが、形容詞のイ音便です。

2の句では「おもしろうて」とありますが、本来の形は「おもしろくて」です。形容詞の連用形「…く」の子音が取れて「…う」となる現象が、形容詞のウ音便です。では、音便についての練習問題を考えてみましょう。

一練習19一次の各句の（　）内の部分を、適当な音便の形に直してください。（答は巻末「練習問題の解答」）

①谷（深く）まこと一人や漆掻（うるしかき）　河東碧梧桐

②芋の露連山影を（正しく）す　飯田蛇笏

③こほろぎの（さみしき）こゑをして鳴きぬ　今井杏太郎

カリ活用の終止形をめぐる問題

さて、「カリ活用とその用法」の活用表の中で、**カリ活用の終止形**が括弧つきで（かり）と入っています。実は、この部分が、現代の俳句の中でかなり問題になっている箇所なのです。次の例句を見てください。

人の皆去りて滝音激しかり

この「激しかり」は、他の語に接続するわけではなく、終止形「激し」と全く同じ意味で用いられていますので、カリ活用の終止形と見なすことができます。

しかし、先ほども述べたように、形容詞のカリ活用は助動詞に接続する場合に用いられる活用ですから、本来、言い切りの形（＝終止形）には、カリ活用を用いる必要がないのです。

実際、平安時代以降の古典文学を見ても、カリ活用の終止形を、このように用いている例はありません（古典文学の中で、例外的にカリ活用の終止形が出てくるのは、「多し」のカリ活用「多かり」のみです）。

にもかかわらず、近代以降の俳句の中には、このような作例がかなり多く見受けられます。音数を五七五に合わせたいという欲求から、カリ活用の終止形を安易に用いているのです。

これが文法的に正しいか否かと言われれば、間違いと言うほかありません。可能な限り、このような用法は避け、別の表現に改めるのが望ましい姿勢でしょう。前掲の句の場合、

人の皆去りて激しき滝の音

のような推敲例が考えられます。

どうしてもカリ活用の終止形を使わなければ表現できないかどうか、ほかに推敲の余地がないかどうか、実作の際にはよく考えてみてください。

第五章
形容動詞

この章では、形容動詞の活用について説明します。

形容動詞のナリ活用

形容動詞とは、用言の一種で、「静かなり」「索漠たり」などのように、ものの性質や状態を表す品詞のことです。

では、具体的に形容動詞がどのような活用をするか、「静かなり」を例に、口語と比較してみましょう。

文語の活用		口語の活用	
未然形	静かなら（ず）	未然形	静かだろ（う）

活用形	文語
連用形	静かなり（けり） 静かに（なる）
終止形	静かなり
連体形	静かなる（こと）
已然形	静かなれ（ども）
命令形	静かなれ

活用形	口語
連用形	静かだっ（た） 静かで（ある） 静かに（なる）
終止形	静かだ
連体形	静かな（こと）
仮定形	静かなら（ば）
命令形	

この表の中で、変化しない「静か」の部分が語幹、活用形によって変化する太字の部分が**活用語尾**です。このように、終止形が「**なり**」で終わる形容動詞の活用を**ナリ活用**と言っています。

口語の形容動詞に比べ、文語の形容動詞の方が、活用が規則的で覚えやすくなっています。上から順に、

なら／なり・に／なり／なる／なれ／なれ

と覚えましょう。連用形の「に」を除けば、ラ変動詞とよく似た活用をしていることがわかります。それもそのはず、そもそも「静かなり」という形容動詞は、

静かに ＋ あり（ラ変動詞） ↓ 静かなり

のように成り立っているのです。ですから、基本的に、ラ変型の活用をするわけです。

形容動詞のタリ活用

続いて「索漠たり」という形容動詞の活用を考えてみましょう。

	文語の活用
未然形	索漠**たら**（ず）
連用形	索漠**たり**（けり） 索漠**と**（なる）

終止形	索漠たり
連体形	索漠たる（こと）
已然形	索漠たれ（ども）
命令形	索漠たれ

このように、終止形が「たり」で終わる形容動詞の活用を**タリ活用**と言っています。

ナリ活用が、語幹が和語の場合に用いられるのに対して、タリ活用は「索漠たり」「茫々たり」「泰然たり」のように、語幹が漢語表現の場合に用いられる活用です。

口語との対照表がないのは、「索漠たり」に対応する口語表現は「索漠としている」のような言い方で、一語の形容動詞とは見なせないためです。

タリ活用は、上から順に、

たら／たり・と／たり／たる／たれ／たれ

と覚えましょう。連用形の「と」を除けば、これもラ変動詞とよく似た活用をしていることがわかります。語源的には、

索漠と ＋ あり（ラ変動詞） → 索漠たり

のように成り立っているのですから、当然、ラ変型の活用になるわけです。
では、ここまでの範囲で練習問題を考えてみましょう。

一練習20一 次の各句の傍線部の形容動詞の、活用の種類と活用形を答えてください。
（答は巻末「練習問題の解答」）

① 菊人形武士の匂ふはあはれなり　鈴木鷹夫
② 爽やかに俳句の神に愛されて　田中裕明
③ しづかなる水は沈みて夏の暮　正木ゆう子
④ 大芭蕉従容として枯れにけり　日野草城
⑤ 赤富士に露滂沱（ぼうだ）たる四辺かな　富安風生

形容動詞か「名詞＋なり」か

次の二句の傍線部は、文法的にどう違うでしょうか。

1 扇おくこゝろに百事新たなり　飯田蛇笏

２　嗜（たしな）まねど温め酒はよき名なり　　高浜虚子

１の「新たなり」は一語で、ナリ活用の形容動詞終止形です。一方、２の「名なり」は、「名」と「なり」の二語から成っており、「名」は名詞、「なり」は断定の助動詞です。この二つは、形の上では大変よく似ていますが、どのように見分けたらよいのでしょうか。

そもそも形容動詞とは、冒頭にも書いたように、ものの性質や状態を表す品詞です。１の「新たなり」は性質や状態を表していますので、形容動詞だと言えます。一方の「名なり」の方は、性質や状態を表してはいません。この点が最も決定的な違いです。

もう一つの見分け方は、「なり」の直前の部分が主語になるかどうか考えてみることです。「名」は名詞ですので、「君の名は…」「川の名が…」のように、「は」や「が」を接続させて主語になることができます。一方、「新たなり」の方は、「新たは…」「新たが…」のように言うことはできません。主語にならないということは名詞ではない、つまり「新たなり」は形容動詞だということです。

！よくある間違い

その人の名の浮かばざる長閑（のどか）かな

この句は、どこが文法的に間違っているでしょうか。第一章でも述べたように、切字の「かな」は詠嘆の終助詞で、名詞か活用語の連体形にしか接続しません。この場合、直前に来ている「長閑」が名詞かどうかが問題になります。

「長閑」というのは、ものの性質や状態を表すことばであり、「長閑は…」「長閑が…」のように言うことはできません。ということは、「長閑」は名詞ではなく、形容動詞「長閑なり」の語幹だということなのです。

この句の場合、形容動詞の終止形を用いて、

その人の名の浮かばぬも長閑なり

のように改めるべきでしょう。この種の間違いは、句会でも頻繁に見受けられますので、十分に注意してください。

一練習21一次の各句の傍線部が形容動詞の場合はA、「名詞＋断定の助動詞」の場合はBで答えてください。（答は巻末「練習問題の解答」）

① 万巻の書のひそかなり震災忌　中村草田男
② 苦瓜を噛んで火山灰降る夜なりけり　草間時彦
③ 椎の実を噛みたる記憶はるかなり　大竹多可志
④ しばらくは雲の中なりお花畑　片山由美子

「……な」か「……なる」か

形容動詞をめぐっては、もう一つ気になる問題があります。それは連体形です。次の例句を見てください。

あたたかな雨がふるなり枯葎　正岡子規

「形容動詞のナリ活用」の表にあるように、形容動詞の連体形は口語では「……な」となるのに対し、文語では「……なる」となります。子規のこの句は、「あたたかな」と言っていますので、この部分は口語の形容動詞連体形になっています。しかし、中七では「ふるなり」と文語の断定の助動詞を用いています。つまり、一句の中で文語と口語が混在してしまっているのです。
文語の連体形「……なる」は字数を多く食うために、一字でも少ない「……な」の形にしたいという意識が特に強く働くのでしょう。このような用例は非常に多く、ある程度許容せざるを得ないとは思いますが、極力、文語と口語が混在しないよう、気をつけて表現したいものです。

形容動詞の語幹の用法

最後に、形容動詞の語幹の用法について説明します。

形容動詞の語幹は、それだけで独立して用いられることがあります。俳句に多く見られるのは、次の二つの用法です。

1　うららかや岩場高きに忘れ潮　　鷹羽狩行

2　卒業生言なくをりて息ゆたか　　能村登四郎

1の句は、形容動詞「うららかなり」の語幹「うららか」に切字の「や」を接続して、上五で切っています。同様の例は「あたたかや」「爽やかや」など、季語になる形容動詞で多く見られます。実作上、大いに役立つ用法だと言えるでしょう。

2の句は、形容動詞「ゆたかなり」の語幹「ゆたか」のみを下五に置いて、実質的には終止形「ゆたかなり」の代わりとして用いています。このような用法は、古典文学においては、

あな、めづらか。(『蜻蛉(かげろう)日記』)

のような、感動を表す文脈において、多く用いられていました。字数を節約したい俳句においては、必要に応じて、この用法を積極的に活用してよいでしょう。

第六章
助動詞

この章では、文語文法の最大の山である助動詞について、説明してゆきます。

① 助動詞の分類

助動詞とは、付属語で活用のある品詞のことで、さまざまな意味を添える働きを持っています。文語には、およそ三十ほどの助動詞が用いられます。まずは、それらの助動詞を、三つの角度から分類してゆきましょう。

意味による分類

助動詞は、さまざまな意味を添える品詞ですから、まずはその意味によって分類してみましょう。

過去	き・けり

完了	つ・ぬ・たり・り
打消	ず
断定	なり・たり
推量	む・むず・べし・らむ・けむ
打消推量	じ・まじ
推定	らし・めり・なり
反実仮想	まし
使役・尊敬	す・さす・しむ
受身・自発 可能・尊敬	る・らる
希望	まほし・たし

比況（比喩）	ごとし・ごとくなり・やうなり

※完了の「たり」と断定の「たり」、断定の「なり」と推定の「なり」は、それぞれ別の助動詞ですので注意してください。

このように、さまざまな意味の助動詞がありますので、一度には覚えられないと思われるかもしれませんが、現代の俳句でよく用いられるのは、太字の助動詞、数にすれば半分程度です。これらの助動詞について、重点的に学んでゆけばよいでしょう。では、次の問題で練習してみましょう。

練習22 次の各句の傍線部の助動詞の意味を答えてください。（答は巻末「練習問題の解答」）

① 文月や六日も常の夜には似ず　芭蕉
② 寝待月墓をであるくもの在らむ　河原枇杷男
③ 栗の毬割れて青空定まれり　福田甲子雄
④ 黍（きび）の葉に黍の風だけかよふらし　中川宋淵
⑤ 窓の雪女体にて湯をあふれしむ　桂信子

⑥ 一房の葡萄の重みいただきぬ　倉田紘文

⑦ 眺めゐて誰も買はざりき晩白柚（ばんぺいゆ）　古賀まり子

⑧ なつめの実青空のまま忘れらる　友岡子郷

⑨ 一茎のあざみを挿せば野のごとし　黒田杏子

⑩ 伊予の秋正岡子規の忌なりけり　長谷川　櫂

活用による分類

助動詞は、活用する品詞です。その活用の多くは、動詞・形容詞・形容動詞など、用言の活用に準じています。今度は、活用のタイプによって助動詞を分類してみましょう。

四段型	む・らむ・けむ
下二段型	つ・る・らる す・さす・しむ
サ変型	むず

ナ変型	ぬ
ラ変型	けり・たり（完了）・り めり・なり（推定）
形容詞ク活用型	べし・たし・ごとし
形容詞シク活用型	まじ・まほし
形容動詞ナリ活用型	なり（断定） ごとくなり・やうなり
形容動詞タリ活用型	たり（断定）
特殊型	き・ず・じ・らし・まし

この中で注意を要するのは、最後の特殊型の活用をするものだけです。これらについては個別に活用を知っておく必要がありますが、残りの助動詞については、今まで学んできた用言の活用に準じて考えてゆけばよいのです。特殊型の助動詞の活用につ

いては、順次説明してゆきます。

練習23 次の各句の傍線部の助動詞の活用形を答えてください。（答は巻末「練習問題の解答」）

① 鶏頭（けいとう）の十四五本もありぬべし　正岡子規
② 山畑に月すさまじくなりにけり　原　石鼎
③ 面ざしは昔人なる照葉（てりは）かな　高浜虚子
④ 勇気こそ地の塩なれや梅真白　中村草田男
⑤ 秋の昼一基の墓のかすみたる　飯田蛇笏
⑥ ひつぱれる糸まつすぐや甲虫（かぶとむし）　高野素十
⑦ 鳥渡る着のみの肩や聳（そび）えしめ　石塚友二
⑧ 鮭打棒濡れたるままに焚（た）かれけり　小原啄葉
⑨ 胡桃（くるみ）割る胡桃の中に使はぬ部屋　鷹羽狩行
⑩ 星月夜魚骨のごとく破船あり　永島靖子

接続による分類

助動詞は付属語ですから、必ず用言や他の助動詞などにくっついて使われます。しかし、その接続のしかたにはそれぞれ原則があり、ある決まった活用形に接続するのです。実は、これを覚えておくことが、助動詞をマスターする上で大変重要なポイントです。それでは、接続による分類をしてみましょう。

これだけは覚える！

未然形接続	る・らる・す・さす・しむ ず・む・むず・じ・まし まほし　11語
連用形接続	き・けり・つ・ぬ たり（完了）・たし・けむ　7語
終止形接続 （ラ変型には連体形）	まじ・めり・なり（推定） らし・らむ・べし　6語

体言・連体形接続	なり（断定）・たり（断定） ごとし・ごとくなり やうなり	5語
サ変の未然形・ 四段の已然形に接続	り	1語

未然形接続・連用形接続の助動詞は、数が多いので覚えるのが大変ですが、表の中の助動詞を繰り返し口に出して、丸暗記してしまいましょう。

終止形接続の助動詞は、それぞれの頭の文字をとって「ま・め・な・ら・べ（＝豆並べ）」と覚えておくと、忘れないでしょう。

体言・連体形接続になるのは、いずれも断定の助動詞と比況の助動詞であると理解しておけば大丈夫です。

特殊なのは、最後の「り」という助動詞です。これだけが唯一、サ変動詞の未然形と四段動詞の已然形という、特殊な接続をするのです。他に仲間がいないことから、「サ・未・四・已（＝さみしい）」助動詞「り」と覚えておくとよいでしょう。

では、接続に関する練習問題です。

練習24 次の各句の（ ）内の語を、下の助動詞に接続するよう、適当な活用形に改めてください。（答は巻末「練習問題の解答」）

① 火だるまの秋刀魚を妻が食は（す）けり　秋元不死男
② りんだう咲く由々しきことは（無し）ごとし　細見綾子
③ 流人墓地寒潮の日の（たかし）き　石原八束
④ 秋の馬われの無言を（過ぎゆく）ぬ　金子兜太
⑤ いちじくや裂けて山河を遠く（す）り　和田悟朗
⑥ 穴に入る蛇あかあかと（かがやく）り　沢木欣一
⑦ 引力の匂ひ（なり）べし蓬原　正木ゆう子
⑧ 火宅より火宅へ氷柱（届く）らる　中原道夫

練習25 次の各句の（ ）内に補うのに適当な助動詞を、後の語群から選んでください。（答は巻末「練習問題の解答」）

① 春の月さはらば雫たりぬ（ ）　一茶
② 吹きおこる秋風鶴を歩ま（ ）　石田波郷
③ 鳥渡る思ひ遙けくをりに（ ）　星野立子

④　菜殻火（ながらび）のけむりますぐに昏（く）るる（　）　橋本多佳子

（語群）しむ　けり　べし　なり

②「き」「けり」の用法

ここからは、個々の助動詞について順次説明してゆきたいと思います。まず、過去の助動詞「き」「けり」について見てゆきましょう。

「き」は特殊型の活用

助動詞を学ぶ際のポイントは三つ、①意味・②活用・③接続です。「き」という助動詞の場合、覚えるべきことは次の三点です。

「き」		
意味	過去
活用	特殊型
接続	連用形接続（カ変・サ変は例外）

まず、意味についてですが、「き」の過去は直接過去、すなわち作者が実際に体験した過去の事柄を述べる場合に用いられます。俳句は基本的に一人称で書かれますから、過去の事柄を詠む場合、基本的には「き」が用いられることになります。
続いて、活用についてですが、「き」は数少ない特殊型の活用をする助動詞なのです。これについては、理屈抜きで覚えてしまった方がよいでしょう。

これだけは覚える!

未然形	連用形	終止形	連体形	已然形	命令形
(せ)	○	き	し	しか	○

未然形が( )に入っているのは、「……せば」のようなごく限られた用例しかないからで、俳句にはまず使われません。俳句では、連体形の「し」の用例が最も多いようです。

「き」の接続の例外

「き」は原則的に活用語の**連用形に接続**しますが、カ変動詞・サ変動詞については例外的な接続のしかたをします。具体的には、次の七通りです。

	終止形	連体形	已然形	接続
カ変	○	こし	こしか	未然形接続
		きし	きしか	連用形接続
サ変		せし	せしか	未然形接続
	しき	／	／	連用形接続

この表からわかるように、カ変動詞については、**未然形**の「こ」にも、**連用形**の「き」にも接続します。ただし、「き」の終止形に接続する「こき」「きき」のような形はありません。「こし」「きし」の連体形の形で、終止形の代わりをするのです。

サ変動詞に接続する場合はどうでしょう。「き」の終止形に接続する場合は、原則通り連用形の「し」に接続します。しかし、「き」の連体形・已然形に接続する場合には未然形接続となり、「せし」「せしか」となるのです。「しし」「ししか」という形はないということです。

では、「き」についての練習問題を考えてみましょう。

練習26 次の各句の中から助動詞「き」を抜き出し、その活用形を答えてください。（答は巻末「練習問題の解答」）

① 今生は病む生なりき鳥頭（とりかぶと）　石田波郷
② 戸を搏（う）って落ちし簾（すだれ）や初嵐　長谷川かな女
③ とろろ汁鞠子（まりこ）と書きし昔より　富安風生
④ 桑の実や馬車の通ひ路ゆきしかば　芝　不器男
⑤ 空海もかく日に焼けて旅せしか　長谷川　櫂

俳句の「けり」はもっぱら詠嘆

続いて、「けり」の意味・活用・接続をまとめてみましょう。

「けり」		
意味	**過去・詠嘆**	
活用	**ラ変型**	
接続	**連用形接続**	

「けり」には、文法的意味が二つあります。**過去と詠嘆**です。同じ過去でも、「き」と異なるのは**伝聞過去**、すなわち人づてに聞いた過去の事実に対して用いられるのが原則だということです。ですから、古典の説話集においては、「けり」が多く用いられているのです。しかし、俳句は原則が一人称で詠まれますので、伝聞過去は普通使われません。ということは、俳句で用いられる「けり」は基本的に詠嘆の助動詞だということです。

文法用語としての**詠嘆**とは、感動・驚き・気付きなどさまざまな感情について言います。詠嘆の用法は、古歌などにも多く見られ、それが俳諧にも用いられるようになって、いわゆる**切字**の「けり」になったのです。

活用について見ると、「けり」は**ラ変型**の助動詞です。語源的には、過去の「き」に「あり」がついて、

き ＋ あり（ラ変動詞）↓ けり

のように成り立ったと考えられています。ただし、連用形と命令形の用例はなく、未然形もほとんど用いられません。俳句では、多くが終止形の「けり」で用いられますので、活用はあまり気にしなくてもよいでしょう。

「けり」は接続に要注意

切字でもある「けり」は、俳句で最も使用頻度の高い助動詞と言えるかもしれません。その接続は、例外なく連用形接続なのですが、しばしば次のような間違いが見受けられます。

！よくある間違い

山 寺 の 鐘 の 音 遠 く 涼 し け り

この句の場合、「けり」の直前に「涼し」が来ていますが、これは形容詞の終止形です。「涼し」の連用形は「涼しかり」ですから、正しくは「涼しかりけり」としなければならないのです。このような間違いは、句会でも頻繁に見受けられますので、十分に注意してください。

では、「けり」の練習問題を考えてみましょう。

練習27 次の各句の（　）内の語を、「けり」に接続するよう、活用させてみましょう。（答は巻末「練習問題の解答」）

①　星一つ命燃えつつ（流る）けり　高浜虚子
②　山畑に月すさまじくなり（ぬ）けり　原　石鼎
③　秋声（しゅうせい）を聴けり古曲に似（たり）けり　相生垣瓜人
④　紫苑（しおん）ゆらす風青空に（なし）けり　阿部みどり女
⑤　梶（かじ）の葉の文字瑞々と書か（る）けり　橋本多佳子
⑥　林檎もぎ空にさざなみ立た（す）けり　村上喜代子

「き」の連体形をめぐる微妙な問題

再び、「き」に話を戻します。「き」の連体形「し」をめぐっては、かなり微妙な文法的問題があるのです。拙句を例に挙げるのは恐縮なのですが、

部屋いっぱい広げし海図小鳥来る　佐藤郁良

という句があります。傍線部の「し」は過去の助動詞「き」の連体形ですが、この句の内容は必ずしも過去のことではありません。確かに、海図を広げたのは少し前の過去の時点のことですが、その海図は今でも広げられているのでしょう。このように、過去に起きたことがらが現在まで続いている状態のことを、文法的には存続と言います。要するに、過去の「き」の連体形「し」を存続の意味で用いてよいかどうか、という問題なのです。

こうした用例は、私の句に限らず、多くの俳人の作品に見られるのですが、どうしてこのように存続の意味の「し」が多く用いられているのでしょうか。

それは、現代語の「た」という助動詞に原因があるようです。わかりやすく、現代語の例文で見てみましょう。

1　かつてここに城があった。……過去
2　ちょうどテレビを見終わった。……完了
3　壁に貼られた絵　……存続

1の「城」は、今はもうありません。ここでの「た」は明らかに過去です。一方、2の文は、過去のことではなく、今ちょうど見るという動作が完了したことを表しています。それに対して、3の「絵」はある過去の時点から現在を経て、さらにしばら

くの間、貼られた状態が存続することを意味しています。つまり、現代語の「た」という助動詞には、過去・完了・存続の三つの意味があるのです。

文語においては、過去の助動詞は「き」と「けり」で、完了・存続の助動詞は「たり」と「り」というように、両者が明確に区別されています。しかし、現代語では、その三つの文法的意味がいずれも「た」という助動詞で表されるため、その区別が曖昧になっているのです。

私の句も、存続であることを明確にするためには、「たり」を用いて、

部屋いつぱい広げたる海図小鳥来る

とすべきなのですが、それでは中八になってしまうため、「し」を用いているのです。多くの俳人が、同様の理由で存続の意味の「し」を用いているのが実情でしょう。

存続の意味の「し」は許容されるか

実は、「し」を存続の意味で用いることは、すでに中世から行われていました。室町時代には「たり」が現代語の「た」へと変化し、広く用いられるようになりました。「たり」にはもともと存続の意味がありますから、それが「た」にも受け継がれ、さらには「き」の連体形である「し」にも存続の意味が生じていったのです。

梅ちりてさびしく成しやなぎかな　蕪村

蕪村のこの句の「し」も、今なおさびしい状態が存続していることを表しています。存続の意味の「し」は、実はかなり長い歴史を持った用法なのです。

学校で教えている文語文法は、平安時代の文法を基本にしていますので、それに従えば、「き」はあくまでも過去の助動詞であり、存続の「し」は誤りと言わざるを得ません。「たり」や「り」で置き換えることが可能な場合には、「し」を安易に用いることは避けるべきだと思います。

しかし、存続の意味の「し」の長い来歴を考えれば、どうしてもやむを得ない場合に限って、それを用いることも許容されてよいのではないかと、個人的には考えています。

③「つ」「ぬ」「たり」「り」の用法

つづいて、完了の助動詞「つ」「ぬ」「たり」「り」について見てゆきましょう。

完了とは何か

個別の助動詞を見る前に、文法で言う完了とはどういうことか、現代語の例文で考えてみましょう。

1　ピカソは多くの作品を残した。（過去）
2　長い一日がようやく終わった。（完了）
3　店はずっと閉まったままだ。（存続）

この三つの文の「た」の表している内容は微妙に異なっています。図示するなら、次のようになります。

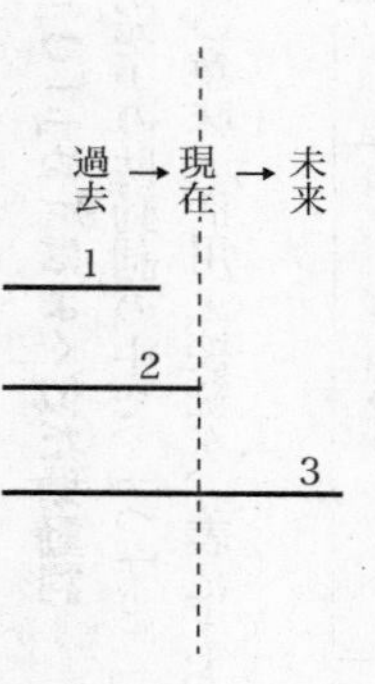

1の文は、すでに過去の時点において、その動作が終わっています。これが文法的な過去です。一方、2の文の内容は、今ちょうどその動作が終わったことを表しています。これが文法的に言う完了なのです。それに対して、3の文の内容は、今しばら

くその状態が続くことを表しています。これを文法的には存続と言います。「き」「けり」が過去の助動詞なのに対して、「つ」「ぬ」「たり」「り」は完了を表します。過去と完了の違いを、しっかり理解してください。

「つ」「ぬ」はよく似た助動詞

完了の助動詞の中で、「つ」と「ぬ」はほぼ同じ意味で用いられます。二つの助動詞の意味・活用・接続を、表にまとめてみましょう。

	「つ」	「ぬ」
意味	完了・強意	完了・強意
活用	下二段型	ナ変型
接続	連用形接続	連用形接続

このように、「つ」と「ぬ」は意味と接続は基本的に同じで、活用のみが異なります。兄弟のような関係にある助動詞と言ってよいでしょう。

　では、なぜ同じような助動詞が二種類もあるのでしょうか。本来、「つ」は意識的動作を表す動詞に用いられる助動詞、「ぬ」は無意識的動作を表す動詞に用いられる助動詞というように、使い分けがあったのです。

　例えば、「日が暮れた」というのを文語で表す場合には、「日暮れつ」ではなく「日暮れぬ」と表現します。日が暮れるというのは、意識的に行われる動作ではないからです。

　歴史的に見ると、「つ」の方が早い時期に消滅したのに対し、「ぬ」は江戸時代以降も盛んに用いられました。俳句では、「つ」の用例は稀で、圧倒的に「ぬ」が多く用いられています。

「つ」「ぬ」の強意の用法

「つ」「ぬ」には、完了以外に強意の意味があります。これはどのようなものなのでしょうか。

　鶏頭の十四五本もありぬべし　　正岡子規

　この句の「ぬ」は完了を表しているのではなく、下の推量の助動詞「べし」の意味を強めて、「きっと……にちがいない」という強い推量を表しています。このような

「ぬ」の用法が強意の用法です。強い推量を表す形には、ほかに「つべし」「てむ」「なむ」などがあります。

「にけり」は完了＋詠嘆

俳句によく用いられる用法に「にけり」があります。

降る雪や明治は遠くなりにけり　　中村草田男

この句の「に」は完了の助動詞「ぬ」の連用形で、詠嘆の「けり」とセットで、「……てしまったことだなあ」という意味を表します。しばしば用いられる用法ですので、覚えておきましょう。

では、「つ」「ぬ」についての練習問題を考えてみましょう。

一練習28一次の各句の中から助動詞「つ」「ぬ」を抜き出し、その活用形を答えてください。（答は巻末「練習問題の解答」）

① かじか煮る宿に泊りつ後（のち）の月　　蕪村
② 門燈の低く灯りぬ秋出水（でみず）　　日野草城
③ 秋しぐれ塀をぬらしてやみにけり　　久保田万太郎

④ 大夕焼(ゆやけ)消えなば夫の帰るべし　石橋秀野

⑤ 鵲(かささぎ)の橋は石にも成りぬべし　松瀬青々

「たり」「り」は存続の意味がメイン

続いて、「たり」「り」の意味・活用・接続を、表にまとめてみましょう。

	「たり」	「り」
意味	完了・存続	完了・存続
活用	ラ変型	ラ変型
接続	連用形接続	サ変の未然形 四段の已然形

このように、「たり」と「り」は、ともに完了と存続の意味をもった助動詞です。

「つ」「ぬ」に存続の意味がないのに対し、「たり」「り」は、完了よりもむしろ存続の意味で用いられることが多い助動詞です。

「たり」の語源は、

て（完了「つ」の連用形）＋ありたり

だと考えられています。もともと「いる」の意味をもつラ変動詞「あり」を含んでいますので、存続の意味がメインとなり、活用も当然、ラ変型となったのです。

「たり」と「り」の決定的な違いは、その接続にあります。「たり」が他の完了の助動詞と同様、連用形接続であるのに対し、「り」はサ変の未然形と四段の已然形という特殊な接続をします。さみしい（＝サ・未・四・已）助動詞と呼ばれる所以（ゆえん）です。

では、どうして「り」だけが、このように特殊な接続をするようになったのでしょうか。

「せり」「書けり」を例に、語源的に考えてみると、

し（サ変・連用形）＋ありせり
書き（カ四・連用形）＋あり書けり

のように、本来はそれぞれの動詞の連用形に「あり」がついたものが、音の変化によって、それぞれ「せり」「書けり」となったと見られています。しかし、「せり」の「せ」は形の上ではもはや連用形ではなく未然形、「書けり」の「書け」は已然形と同

形になってしまったことから、特殊な接続をする助動詞と見なされるようになったのです。

「り」の誤用に注意

「り」が、サ変の未然形と四段の已然形に接続するということは、サ変・四段以外の活用をする動詞や助動詞には接続しないということでもあります。ところが、この点について、実に多くの誤用が見られるのが実情です。

！よくある間違い

冬帽子より禿頭(とくとう)の現れり

この句は「現る」という動詞に「り」を接続させていますが、「現る」という動詞は「れ・れ・る・るる・るれ・れよ」と活用するラ行下二段動詞です。前述のように、サ変・四段以外の活用には「り」は接続しませんので、「現れり」は明らかに文法的誤りです。

この句の場合、同じ完了を表す「ぬ」を用いて、

冬帽子より禿頭の現れぬ

と推敲すべきでしょう。実作の際は、十分に注意してください。

では、「たり」「り」についての練習問題を考えてみましょう。

練習29 次の各句の中から助動詞「たり」「り」を抜き出し、その活用形を答えてください。（答は巻末「練習問題の解答」）

① 年を以て巨人としたり歩み去る　高浜虚子
② あひふれし子の手とりたる門火かな　中村汀女
③ ゆりかもめ胸より降りて来たりけり　井上弘美
④ 稲の香にむせぶ仏の野に立てり　水原秋櫻子
⑤ 踏切の燈にあつまれる秋の雨　山口誓子

練習30 次の各句の（　）内の語を、「り」に接続するよう活用させてください。（答は巻末「練習問題の解答」）

① 隙間風その数条を熟知（す）り　相生垣瓜人
② さきがけて一切経寺萩（刈る）り　安住敦

③青天のどこか破れて鶴（鳴く）り　福永耕二

④白鳥の首やはらかく（込み合ふ）り　小島 健

練習31 次の表現が文法的に正しければ○、誤っていれば×で答えてください。

（答は巻末「練習問題の解答」）

①囀れり　②滴れり　③冴えり　④来（きた）れり

⑤死ねり　⑥とどまれり　⑦走れり　⑧崩されり

④「ず」の用法

続いて、打消の助動詞「ず」の用法について説明します。

「ず」は特殊型の活用に注意

「ず」は打消の助動詞で、俳句でも使用頻度の高い助動詞です。まずは、「ず」の意味・活用・接続を、表にまとめてみましょう。

「ず」	
意味	打消
活用	特殊型
接続	未然形接続

このように、「ず」は、意味と接続に関しては格別難しいところはありません。ただし、活用は特殊型となりますので、覚えておく必要があります。

これだけは覚える！

未然形	連用形	終止形	連体形	已然形	命令形
ず	ず	ず	ぬ	ね	
ざら	ざり		ざる	ざれ	ざれ

このように、「ず」の活用は、右の列の未然形から終止形までは不変化、連体形と已然形はナ行四段型の活用になっています。一方、左側の列はラ変型の活用になって

いることがわかります。語源的に、

ず＋あり→ざり

のように成り立っているためです。特にこの左の列の活用をザリ活用と言っています。一見、丸暗記するのは大変そうに見えますが、左側の列はラ変型になっているのですから、右側の列さえしっかり覚えておけばよいのです。

ザリ活用の終止形は用いない

形容詞のカリ活用を終止形で用いないのと同様、「ず」のザリ活用にも、終止形の用例は本来ありません。しかし、実際には次のような例をよく見かけます。

！よくある間違い

港には誰もをらざり初燕

この句は「初燕」の前で切れているのでしょうから、意識としては「ざり」を終止形として使っていることになります。本来であれば「をらず」と言うべきところを、字数調整のために「をらざり」としているわけです。このような場合は、

初燕誰もをらざる港かな

のように、語順を変えて推敲してみてもよいでしょう。字数合わせのために、文法的誤りを安易におかさないよう、気をつけたいものです。

未然形＋「ぬ」か連用形＋「ぬ」か

「ず」の連体形は「ぬ」ですが、これと紛らわしいものに、先に説明した完了の助動詞「ぬ」があります。

1　冬麗(とうれい)のたれにも逢はぬところまで　黒田杏子
2　とけるまで霰のかたちしてをりぬ　辻　桃子

1の「逢はぬ」は四段動詞「逢ふ」の未然形に接続しています。未然形についている「ぬ」は打消の助動詞「ず」の連体形です。したがって、この場合は「逢わない」という意味を表しています。

一方、2の「をりぬ」はラ変動詞「をり」の連用形に接続しています。連用形に接続している「ぬ」は完了の助動詞の終止形です。したがって、ここでは「霰の形をしていた」という意味を表しています。

上二段・下二段・上一段動詞などが上に来る場合、未然形と連用形が同形になりますので、見た目での識別はできません。そのような場合は、文脈から判断する必要がありますので注意してください。

では、「ず」についての練習問題を考えてみましょう。

練習32 次の各句の中から助動詞「ず」を抜き出し、その活用形を答えてください。（答は巻末「練習問題の解答」）

① バスを待ち大路の春をうたがはず　石田波郷
② 海見えずして海光の蜜柑園　野澤節子
③ 探梅や鞄を持たぬ者同士　櫂未知子
④ 使はざる部屋も灯して豆を撒く　馬場移公子
⑤ 指ふれしところ見えねど桃腐る　津田清子
⑥ 鳴らざれば気づかざりしに桐は実に　加倉井秋を

練習33 次の各句の「ぬ」が打消の「ず」の連体形ならA、完了の「ぬ」の終止形ならBと答えてください。（答は巻末「練習問題の解答」）

① まつくらな山を背負ひぬ薬喰（くすりぐい）　細川加賀

② 七五三道を濡らさぬほどの雨　雨宮きぬよ

③ 誰も来ぬ三日や墨を磨り遊ぶ　殿村菟絲子

④ ぬばたまの閨(ねや)かいまみぬ嫁が君　芝不器男

⑤「なり」「たり」の用法

今度は、断定の助動詞「なり」「たり」についてです。

「なり」「たり」は体言に接続

続いて、断定の「なり」「たり」の意味・活用・接続を、表にまとめてみましょう。

	「なり」	「たり」
意味	断定・存在	断定
活用	形容動詞ナリ活用型	形容動詞タリ活用型

接続	体言・連体形接続	体言に接続

両者に共通していることは、ともに「……である」という断定の意味を表すことと、**形容動詞型**の活用をするということです。いずれも**体言**（名詞）に接続する助動詞ですが、「なり」が活用語の**連体形にも接続**するのに対し、「たり」は体言のみに接続する点が特徴です（表にはありませんが、「なり」は「のみ」「ばかり」などの副助詞に接続する場合もあります）。

俳句で断定の意味を表す場合には「なり」を用いることが圧倒的に多く、断定の「たり」の用例はきわめて稀です。実作上は、「なり」の用法をきちんと理解しておけば、ほぼ問題ないでしょう。

「なり」の存在の用法

助動詞「なり」には、断定以外に存在を表す用法があります。次の例を見てください。

上京や雨の中なる敷松葉　鷲谷七菜子

この句の「なる」は、「……である」の意味ではなく、「雨の中にある」の意味で用いられています。このように、「……にある」「……にいる」の意味で用いられる「なり」を存在の用法と言います。

存在の「なり」は、**連体形「なる」**の形で用いられるのが一般的です。

「なれや」の用法

和歌や俳句に用いられる特別な用法として、「なれや」という形があります。次の例を見てみましょう。

春なれや名もなき山の薄霞　芭蕉

ここでの「なれ」は断定の「なり」の已然形です。それに、切字の「や」が続いて、意味としては「……だなあ」という詠嘆を表しています。このような用法も覚えておくとよいでしょう。

では、「なり」「たり」の練習問題を考えてみましょう。

―練習34―次の各句の中から断定の助動詞「なり」「たり」を抜き出し、その活用形を答えてください。（答は巻末「練習問題の解答」）

① 獅子舞の獅子さげて畑急ぐなり　森　澄雄
② 初釜のはやくも立つる音なりけり　安住　敦
③ 八十路なる父の綯(な)ひたる注連飾(しめかざり)　青柳志解樹
④ われのものならぬ長さの木の葉髪　鷹羽狩行
⑤ 七種(ななくさ)のすずしろなれば透き通る　佐藤麻績
⑥ 旅なれや鰭酒(ひれざけ)に気を許したる　山田弘子
⑦ 足袋(たび)きよく成人の日の父たらむ　能村登四郎

もう一つの「なり」

文語には、実はもう一つ「なり」という助動詞があります。それは、推定を表す助動詞です。断定の「なり」との違いを表にまとめると、次のようになります。

	「なり」(断定)	「なり」(推定)
意味	断定・存在	推定・伝聞
活用	形容動詞ナリ活用型	ラ変型

接続	体言・連体形接続	終止形に接続

二つの「なり」の大きな違いは接続にあります。推定の「なり」は体言や連体形には接続せず、活用語の終止形に接続するのです。

お降(さが)りのやがて流る音すなり　大石悦子

この場合、上に来ているのはサ変動詞「す」の終止形ですので、「なり」は断定の意味ではありません。「音がするようだ」という推定の意味を表しています。

推定の「なり」を実作上用いることは、めったにありません。気をつけなければならないのは、断定のつもりで「すなり」を用いてしまうことです。断定の場合には、「するなり」としなければなりません。両者の違いだけは、よく認識しておいてください。

⑥「む」「べし」「じ」「まじ」の用法

次は、推量の助動詞「む」「べし」と、打消推量の助動詞「じ」「まじ」について説明します。

俳句の「む」は推量か意志

まずは、「む」の意味・活用・接続を、表にまとめてみましょう。

「む」	
意味	推量・意志・適当・仮定・婉曲
活用	四段型
接続	未然形接続

このように、助動詞「む」にはたくさんの意味がありますが、俳句で使われることが多いのは、推量と意志の用法です。

1 寝待月墓をあるくもの在らむ　河原枇杷男

2 粥柱しづかに老を養はむ　富安風生

1の句の主語は「墓をあるくもの」という三人称です。三人称の主語に対して用いられている「む」は、多くの場合、「……だろう」という推量の意味になります。

一方、２の句の主語は「粥柱」ではありません。明確には書いてありませんが、作者自身と考えることができます。作者自身つまり一人称の主語に対して用いられている「む」は、多くの場合、「……う・よう」という意志を表す用法になるのです。

活用は、四段型とは言っても、俳句ではほとんど終止形の「む」の形でしか出て来ませんので、あまり気にしなくてよいでしょう。接続は、例外なく**未然形接続**です。

ちなみに、「む」は表記上、「ん」と書かれることが多々あります。

では、「む」についての練習問題です。

練習35 次の各句の「む（ん）」の意味を、推量・意志のいずれかで答えてください。（答は巻末「練習問題の解答」）

① 小夜時雨（さよしぐれ）上野を虚子の来つつあらん　　正岡子規
② 吉兆の箸蓬萊（ほうらい）の竹とせむ　　角川照子
③ 晩菊や妻連れし旅いつならむ　　大野林火
④ はつなつやかう書いてみむ巴芹（パセリ）なら　　中原道夫

俳句の「べし」は推量・意志・適当

続いて、「べし」の意味・活用・接続を、表にまとめてみましょう。

「べし」	
意味	推量・意志・適当・可能・当然・命令
活用	形容詞ク活用型
接続	終止形接続 ただし、ラ変型には連体形接続

このように、「べし」にもたくさんの意味がありますが、俳句で多く用いられるのは、推量・意志・適当の三つの用法です。

1　鶏頭の十四五本もありぬべし　　正岡子規
2　懐手(ふところで)解くべし海は真青なり　　大牧　広
3　鞦韆(しゅうせん)は漕ぐべし愛は奪ふべし　　三橋鷹女

1の句の「べし」は、「(きっと)……だろう」という推量を表しています。それに対して、2の「べし」は「……(する)つもりだ」という意味を表していますので、意志の用法です。一方、3の「べし」は「……(する)のがよい」という意味で用いられています。このような「べし」を適当の用法と言います。

活用は、ク活用の形容詞と同様の活用ですが、ほとんどが終止形の「べし」か連体形の「べき」の形で出て来ますので、あまり気にしなくてもよいでしょう。

では、「べし」の意味についての練習問題です。

練習36 次の各句の「べし」の意味を、推量・意志・適当のいずれかで答えてください。(答は巻末「練習問題の解答」)

① 我死なば紙衣(かみこ)を誰に譲るべき　夏目漱石
② この樹登らば鬼女となるべし夕紅葉　三橋鷹女
③ 大夕焼消えなば夫の帰るべし　石橋秀野
④ こころにも北窓のあり塞ぐべし　片山由美子
⑤ 邯鄲(かんたん)の冷たき脚を思ふべし　長谷川櫂

「べし」は接続にも要注意

「べし」は原則的に終止形接続ですが、ラ変型の活用に対しては連体形に接続します。ラ変型というのは、「あり」・「をり」などのラ変動詞の他に、形容詞のカリ活用、形容動詞のナリ活用・タリ活用、その他同様の活用をする助動詞も含みます。

例えば、形容詞に「べし」が接続する場合には、次のような形をとります。

夜はそぞろ風呂吹などもよかるべし　石塚友二

この句のように、形容詞「よし」に接続するときには、終止形ではなく、カリ活用連体形の「よかる」に接続するのです。

ところが、「べし」の接続については、次のような間違いがしばしば見受けられます。

！よくある間違い

牡丹鍋食うてしつかり生くるべし

この句は、上二段動詞「生く」の終止形ではなく、連体形「生くる」に「べし」が接続してしまっています。上二段動詞は、例外となるラ変型ではありませんので、原則通り終止形の「生く」に接続させて、「生くべし」としなければならないのです。

この場合、語順を変えて、

しっかりと食うて生くべし牡丹鍋

のように推敲すべきでしょう。実作の際には、十分注意してください。

では、「べし」の接続についての練習問題です。

練習37 次の各句の（　）内の語を、「べし」に接続するよう、正しく活用させてください。ただし、形が変化しない場合もあります。（答は巻末「練習問題の解答」）

①背低き女（なり）べし寒詣　　高浜虚子
②鰯雲人に（告ぐ）べきことならず　　加藤楸邨
③河豚食つて怨恨あらば（忘ず）べし　　安住　敦
④死なくば遠き雪国（なし）べし　　和田悟朗

「じ」「まじ」は打消推量・打消意志

続いて、「じ」「まじ」の意味・活用・接続を、表にまとめてみましょう。

	「じ」	「まじ」
意味	打消推量・打消意志	打消推量・打消意志 不適当・不可能・禁止
活用	不変化型	形容詞シク活用型
接続	未然形接続	終止形に接続 ラ変型には連体形接続

簡単に言えば、「じ」は推量・意志を表す「む」の打消の形、「まじ」は推量・意志・適当・可能などを表す「べし」の打消の形と考えることができます。

1　夜半の雛肋(あばらさ)剖きても吾死なじ　石田波郷
2　冬に負けじ割りてはくらふ獄の飯　秋元不死男

1の句の「じ」は、主語が一人称ですが、「……ないだろう」の意味で用いられていますので、意味は**打消推量**です。一方、2の句の「じ」は「……ないつもりだ」の意味で用いられていますので、**打消意志**の用法になります。「まじ」の場合も、同様に文脈から判断してください。

接続は、「じ」は**未然形接続**、「まじ」は「べし」と同様**終止形接続**（ラ変型には連体形接続）となります。

「じ」の特徴は、活用が**不変化型**だということです。ほとんどすべての用例が終止形の「じ」で用いられるため、活用を意識する必要がないのです。「まじ」の方は、「べし」と同じシク活用型の活用です。

では、「じ」「まじ」について、練習問題で確認してみましょう。

練習38 次の各句から「じ」または「まじ」を抜き出し、さらにその意味を打消推量・打消意志のいずれかで答えてください。（答は巻末「練習問題の解答」）

① 月うるむ青饅これを忘るまじ　石田波郷
② 北風にあらがふことを敢てせじ　富安風生
③ 優曇華やしづかなる代は復と来まじ　中村草田男
④ またたきて風遠からじ湖北の灯　遠藤若狭男

文語の「まじ」と口語の「まい」

「まじ」にあたる口語の助動詞に「まい」があります。口語の「まい」もしばしば俳句に用いられますが、接続の点で文語の「まじ」とはずいぶん違いがあります。

そんなには生きまい　四万六千日　佐藤郁良

この私の句は、口語の上一段動詞「生きる」の未然形「生き」に「まい」が接続しています。このように、口語の「まい」は、上に来る動詞によっては未然形接続になるのです。

しかし、文語の「まじ」は終止形接続（ラ変型には連体形接続）ですから、「生きまじ」という形はあり得ません。私の句を文語に改めるなら、「生くまじ」と終止形接続にしなければならないのです。

口語の「まい」に引き摺られてか、ときどき文語の「まじ」を未然形接続で用いている例に出会うことがあります。実作の際は、十分に注意してください。

⑦「る」「らる」「す」「さす」「しむ」の用法

続いて、受身などを表す助動詞「る」「らる」と、使役を表す助動詞「す」「さす」「しむ」について説明します。

「る」「らる」の意味は四つ

まずは、「る」「らる」の意味・活用・接続を、表にまとめてみましょう。

	「る」	「らる」
意味	受身・可能 自発・尊敬	受身・可能 自発・尊敬
活用	下二段型	下二段型
接続	四段・ナ変・ラ変 動詞の未然形接続	上記以外の動詞の 未然形接続

このように、「る」と「らる」は意味と活用は全く同じで、接続のみが異なります。「る」が四段・ナ変・ラ変動詞の未然形に接続するのに対して、「らる」はそれ以外の活用をする動詞の未然形に接続します。

意味は、受身・可能・自発・尊敬の四つですが、俳句では尊敬の用例は稀で、他の三つの意味で用いられることが多いようです。中でも、最も多いのは受身の用例です。

例句を見てみましょう。

1　小正月路傍の石も祀らるる　　鍵和田秞子
2　煤逃げと言へば言はるる旅にあり　　能村登四郎
3　元日や神代のことも思はるる　　守　武

いずれも「る」の連体形「るる」の用例ですが、1は内容から明らかに受身だとわかります。2は「言うことができる」「言える」に言い換えられます。このような場合は可能の用法です。一方、3は「自然と思われる」という意味で用いられていますので、自発の用法になります。自発の「る」「らる」は「思ふ」などの心情・知覚を表す動詞に多く用いられるのが特徴です。

では、「る」「らる」についての練習問題を考えてみましょう。

練習39　次の各句の中から「る」または「らる」を抜き出し、その意味と活用形を答えてください。（答は巻末「練習問題の解答」）

① 冬の夜海眠らねば眠られず　　鈴木真砂女
② 懐手人に見られて歩き出す　　香西照雄
③ 風邪ごゑを常臥すよりも憐れまる　　野澤節子

④　夏蜜柑いづこも遠く思はるる　永田耕衣
⑤　犬連れて枯野の犬に吠えらるる　馬場移公子

可能を表す二つの方法

口語で「眠ることができる」の可能の意味を表すには、

1　眠られる
2　眠れる

の二つの方法があります。

1の「眠られる」は、「眠ら／れる」の二語に分かれ、「眠る」の未然形「眠ら」に、可能の助動詞「れる」が接続しています（文語では「眠ら／る」となります）。一方、2の「眠れる」はラ行下一段活用の一語の動詞で、**可能動詞**と呼ばれる表現です。

可能動詞とは、文語の四段動詞が、次の例のように下一段化してできた動詞です。

眠る（四段）↓眠れる（下一段）
飛ぶ（四段）↓飛べる（下一段）

しかし、もともと四段活用以外の動詞には、これにあたる表現はありません。

見る（上一段）→見れる　×
寝る（下一段）→寝れる　×
来る（カ変）　→来れる　×

などの表現は、すべて文法的には誤りです。これらはいわゆる**ら抜き言葉**と呼ばれる表現で、最近の日常会話の中ではしばしば耳にしますが、俳句では絶対に使うべきではありません。文語では、**可能の助動詞「らる」**を用いて「見らる」「寝らる」「来らる」と表現するのが正しい用法です。

可能動詞は口語表現

もともとが四段活用の動詞の場合、今日では、可能動詞を用いて「眠れる」という方が一般的ですが、可能動詞は近世以降に生まれた表現で、純粋な文語ではありません。文語で「眠ることができる」の意味を表すには、**可能の助動詞「る」**を用いて「**眠ら／る**」と表現するのが正しい方法です。

次の例句を見てみましょう。

1 かうかうと雪代が目に眠られず　加藤楸邨
2 葭切も眠れぬ声か月明かし　相生垣瓜人

1の句が可能の助動詞「る」を用いているのに対して、2の句は口語の可能動詞「眠れる」を使っています。2の句は、下五で「明かし」と文語を用いていますから、文語と口語が混在してしまっているのです。

今日、可能動詞がかなり一般的になっていることを考えれば、文語句に可能動詞を使用することを一概に否定するのは難しいかもしれません。しかし、文語と口語の併用を避けるべきとの原則的な立場に立てば、文語句において可能動詞を使うことは、極力避けるべきでしょう。

俳句の「す」「さす」はもっぱら使役

今度は、「す」「さす」の意味・活用・接続を、表にまとめてみましょう。

「す」	「さす」

意味	使役・尊敬	使役・尊敬
活用	下二段型	下二段型
接続	四段・ナ変・ラ変動詞の未然形接続	上記以外の動詞の未然形接続

このように、「す」と「さす」も意味と活用は全く同じで、接続のみが異なります。「す」が四段・ナ変・ラ変動詞の未然形に接続するのに対して、「さす」はそれ以外の活用をする動詞の未然形に接続します。この点は、「る」「らる」の関係と全く同じです。

意味は、使役と尊敬の二つがありますが、俳句で尊敬の「す」「さす」を用いることはまずありません。俳句に用いられる「す」「さす」は、もっぱら使役の意味だと考えてよいでしょう。

「しむ」も使役の助動詞

文語で使役を表す助動詞に、もう一つ「しむ」があります。「しむ」の意味・活用・接続は次の表のようになります。

「しむ」	
意味	使役・尊敬
活用	下二段型
接続	未然形接続

このように、「しむ」の意味・活用は、「す」「さす」と全く同じです。「しむ」も、俳句ではもっぱら**使役**の意味で用いられます。「す」「さす」が、上に来る動詞の活用の種類に応じて使い分けられているのに対して、「しむ」は全ての動詞に対して**未然形に接続**します。

もともと「しむ」は漢文訓読調の文脈で多く用いられていた助動詞ですが、現代では、俳句においても盛んに用いられています。

では、「す」「さす」「しむ」についての練習問題です。

一練習40一次の各句の中から「す」「さす」「しむ」を抜き出し、その活用形を答えてください。（答は巻末「練習問題の解答」）

① 少年を枝にとまらせ春待つ木　西東三鬼
② 寒木にひとをつれきて凭らしむる　石田波郷
③ 栗飯を子が食ひ散らす散らさせよ　石川桂郎
④ 肩かけの臙脂の滑り触れしめよ　石塚友二
⑤ 小ぎれいに住みては飯も饐えさせず　池内たけし

下二段型は連体形に要注意

「る」「らる」「す」「さす」「しむ」は、いずれも下二段型の助動詞です。下二段型では、次のような間違いがしばしば見受けられます。

！よくある間違い

菜の花や海へ開かる寺の門

この句の「開かる」は四段動詞「開く」の未然形「開か」に受身の助動詞「る」が接続した形です。「る」は下二段型の助動詞ですから、活用表は次のようになります。

未然形	連用形	終止形	連体形	已然形	命令形
れ	れ	る	るる	るれ	れよ

ということは、「開かる」の「る」は終止形ということになり、

菜の花や／海へ開かる／寺の門

のように、上五でも中七でも意味的に切れることになってしまいます。しかし、作者は「開かる」を連体形の意識で、「寺の門」に意味的に掛かるつもりで使っているのでしょう。「る」の連体形は「るる」ですから、正しくは、

菜の花や海へ開かるる寺の門

のように表現しなければならないのです。しかし、これでは今度は中八になってしまいます。このような場合は、語順を変えて、

菜の花や山門海へ開かるる

のように推敲すべきでしょう。実作の際には、くれぐれも注意してください。

⑧「ごとし」「ごとくなり」「やうなり」の用法

助動詞も残りわずかになってきました。今度は、比喩を表す助動詞「ごとし」「ごとくなり」「やうなり」について見てゆきましょう。

比喩の「ごとし」「ごとくなり」

まずは、「ごとし」「ごとくなり」の意味・活用・接続を、表にまとめてみます。

	「ごとし」	「ごとくなり」
意味	比喩（比況）・例示	比喩（比況）・例示
活用	形容詞ク活用型	形容動詞ナリ活用型
接続	体言・連体形および助詞「の」「が」	体言・連体形および助詞「の」「が」

このように、「ごとし」と「ごとくなり」はともに、「(まるで)……のようだ」という**比喩**(比況)を表す助動詞です。例示(例を挙げて示す)の用法もありますが、俳句ではあまり用いられません。

接続は、ともに**体言**または活用語の**連体形**につきますが、多くの場合は**助詞「の」**をはさんで「……のごとし」の形で用いられます。

「ごとし」は**形容詞ク活用型**の活用をしますが、実際には、連用形「ごとく」、終止形「ごとし」、連体形「ごとき」の三通りしか用いられません。「ごとくなり」も、**形容動詞ナリ活用型**ですが、連用形「ごとくに」か、終止形「ごとくなり」のいずれかで用いられるのがほとんどです。

この二つの助動詞は「如し」「如くなり」と漢字で表記されることもしばしばあります。実作上、きわめて使用頻度の高い助動詞と言ってよいでしょう。

「やうなり」も比喩の助動詞

続いて、「やうなり」の意味・活用・接続を表にまとめてみましょう。

「やうなり」	
意味	**比喩（比況）・例示**
活用	形容動詞ナリ活用型
接続	連体形および 助詞「の」「が」

「やうなり」は名詞「様（やう）」に断定の助動詞「なり」が接続してできた助動詞ですが、意味・接続は、いずれも「ごとし」と同じです。

実作の際、「ごとし」を用いるか「やうなり」を用いるかは、あくまで響きやリズムの違いだけであって、文法上の違いは一切ないということです。

活用は形容動詞ナリ活用型ですが、終止形「やうなり」の用例はほとんどなく、大半は連用形「やうに」か連体形「やうなる」の形で用いられます。

連用形に準ずる「ごと」

俳句では、次のような表現をしばしば目にします。

烟るごと老い給ふ母菊膾　山田みづえ

この句の「ごと」は「ごとし」の連用形「ごとく」の意味で用いられています。

烟るごとく老い給ふ母菊膾

と言ってもよいのですが、字余りになってしまうため、一音少ない「ごと」を用いているのです。

文法的には、「ごと」は「ごとし」の語幹にあたる部分と考えることができます。語幹の「ごと」を連用形に準じて使う用法は中古から行われています。一音でも省略したいときには、積極的に用いてよいでしょう。

「やうな」は口語

次の例句を見てみましょう。

蜂が来る火花のやうな脚を垂れ　鷹羽狩行

この句の「やうな」は、口語の助動詞「ようだ（やうだ）」の連体形で、文語の助動詞「やうなり」の活用したものではありません。「やうなり」の連体形は「やうなる」となります。

この句の場合、上五でも文語の「来（く）」ではなく、口語の「来る」を用いていますので、全体としては口語句になっているのです。

問題なのは、文語句の中に「やうな」を用いてしまうことです。

！よくある間違い

底冷や取つ手のやうな耳ふたつ

この句では、上五で「や」を用いていますので、全体としては文語に統一しなければならないはずなのに、口語の「やうな」が使われています。このような場合は、文語の「ごとし」を用いて、

底冷や取つ手のごとき耳ふたつ

と直せば、簡単に文語句に推敲することができます。

どうしても口語の「やうな」を用いたい場合は、「や」をやめて、

底冷の取つ手のやうな耳ふたつ

と改めるべきでしょう。実作の際には、十分に気をつけてください。
では、「ごとし」「ごとくなり」「やうなり」についての練習問題を考えてみましょう。

練習41 次の各句の中から「ごとし」「ごとくなり」「やうなり」を抜き出し、その活用形を答えてください。(答は巻末「練習問題の解答」)

① 犬ふぐり星のまた、く如くなり　高浜虚子
② 一枚の餅のごとくに雪残る　川端茅舎
③ 寒菊や母のやうなる見舞妻　石田波郷
④ 少年に獣の如く野火打たれ　野見山朱鳥
⑤ きさらぎが眉のあたりに来る如し　細見綾子
⑥ 白梅の苗てふ鞭のごときもの　飴山 實
⑦ 北窓をひらく誰かに会ふやうに　今井杏太郎

⑨ 「たし」「らし」「けむ」「らむ」の用法

最後に、残った助動詞をまとめて見てゆきたいと思います。

願望の「たし」

まずは、「たし」の意味・活用・接続を表にまとめてみましょう。

「たし」	
意味	願望
活用	形容詞ク活用型
接続	連用形接続

「たし」は現代語の「たい」にあたる願望を表す助動詞です。意味・活用・接続ともに、現代語と大きく異なる点はありませんので、格別の注意は必要ないでしょう。

推定の「らし」

次は、「らし」の意味・活用・接続を表にまとめてみましょう。

「らし」

意味	**推定**
活用	**特殊型**
接続	**終止形接続** ただし、ラ変型には**連体形接続**

「らし」は現代語の「らしい」にあたる**推定**の助動詞です。**推定**と**推量**は、文法的には微妙に違いがあります。**推量**が「……だろう」と推し量る意味なのに対して、**推定**はある判断の根拠に基づいて「……らしい」と判断することを言います。

活用は**特殊型**とは言っても、基本的に変化しません。文語の「らし」は常に「らし」で用いられるのです。ときどき、「らしく」「らしき」などの用例を見かけますが、それは純粋な文語とは言えません。

接続は、「べし」などと同じ**終止形接続**です。上にラ変型の活用語がきた場合は、**連体形接続**となります。現代語では、「夫婦らしい」など体言に接続する用法がありますが、これも純粋な文語ではありませんので、注意してください。

過去推量の「けむ」・現在推量の「らむ」

最後に、「けむ」と「らむ」の意味・活用・接続を表にまとめてみましょう。

	「けむ」	「らむ」
意味	過去推量	現在推量
活用	四段型	四段型
接続	連用形接続	終止形接続 ラ変型には連体形接続

「けむ」は過去推量の助動詞で、過去にあった事柄を「……ただろう」と推し量る意味で用いられます。接続は、「き」「けり」など過去の助動詞と同様連用形接続となります。

一方、「らむ」は現在推量の助動詞で、現在別の場所で起こっている事柄について「(今頃)……ているだろう」と推し量る意味で用いられます。接続は、「べし」「らし」などと同様終止形接続(ラ変型には連体形接続)です。

活用は「けむ」「らむ」ともに四段型ですが、ほとんどが終止形で用いられますので、あまり気にしなくてよいでしょう。

では、「たし」「らし」「けむ」「らむ」についての練習問題を考えてみましょう。

練習42 次の各句の中から「たし」「らし」「けむ」「らむ」を抜き出し、その意味を答えてください。（答は巻末「練習問題の解答」）

①菫ほどな小さき人に生れたし　夏目漱石
②いま春の野へ放ちたき心かな　稲畑汀子
③葱坊主風にひとりで遊ぶらし　村越化石
④春曙何すべくして目覚めけむ　野澤節子
⑤酔筆と人は見るらむ吉書かな　相生垣瓜人

第七章

助詞

この章では、助詞について、説明してゆきます。文語文法では、助動詞についで厄介な品詞と言えるかもしれません。しかし、現代語と意味・用法の異なるものを重点的に覚えてゆけばよいのですから、あまり難しく考えないで、取り組んでみてください。

① 助詞の分類

助詞とは、付属語で活用のない品詞のことです。まずは、助詞をいくつかの種類に分類してみましょう。

助詞の分類

助詞には、大きく六つの種類があります。

① **格助詞**

主に体言や活用語の連体形に接続し、その語がどのような文の成分になるかを示す助詞。

(例) が・の・を・に・と・へ・より・にて (など)

② 接続助詞

用言や助動詞に接続し、上の文節と下の文節との関係を示す助詞。

(例) ば・とも・ど・ども・て・ながら・つつ (など)

③ 副助詞

種々の語に接続し、さまざまな意味を添える助詞。

(例) すら・さへ・のみ・ばかり・まで・など (など)

④ 係助詞

種々の語に接続し、文末に一定の活用形を要求する助詞。

(例) ぞ・なむ・や・か・こそ・は・も

⑤ 終助詞

文末にあって、禁止・詠嘆などの意味を添える助詞。

(例) かな・な・ぞ・か・ばや (など)

⑥ 間投助詞

文中や文末にあって、語調を整えたり、詠嘆などの意味を添える助詞。

（例）や・よ（など）

このように、助詞の数はたくさんありますが、太字で示したものが、俳句でよく使われる助詞です。使用頻度の高いものを中心に、意味・用法を学んでゆきましょう。では、助詞の分類についての練習問題です。

―練習43―次の各句の中から助詞をすべて抜き出し、その種類を答えてください。

（答は巻末「練習問題の解答」）

① 鉛筆を落せば立ちぬ春の土　高浜虚子
② 朧三日月吾子の夜髪ぞ潤へる　中村草田男
③ 土筆伸ぶ白毫寺道は遠けれど　水原秋櫻子
④ まさをなる空よりしだれざくらかな　富安風生
⑤ かほどまで咲くこともなき椿かな　飯島晴子
⑥ うららかや岩場高きに忘れ潮　鷹羽狩行

② 格助詞

格助詞とその用法

助詞に六種類あることを頭に入れた上で、まず格助詞の用法について学ぶことにしましょう。

格助詞とは、主に**体言**や活用語の**連体形**に接続し、その語がどのような**文の成分**になるかを示す助詞です。文語文法で、格助詞に分類されているものには、次のような助詞があります。

が・の・を・に・と・へ・より・にて・から・して

これらの助詞は、どのような**文の成分**になるかによって、さらにいくつかの種類に分類されます。わかりやすく、現代語の例文で考えてみましょう。

①主格（主語になることを示す）

1　鳥（主語）**が**鳴いている（述語）。

2　ピカソ（主語）**の**描いた（述語）絵。

1の文の「が」は、下の「鳴いている」という述語に対して、上の「鳥」という体言が主語になっていることを示しています。同様に、2の「の」は、下の「描いた」

という述語に対して、上の「ピカソ」が主語であることを示しています。この「**が**」「**の**」のように、主語であることを示す格助詞のことを**主格**の格助詞と言います。

②**連体格**（体言を修飾する）

1　己が影を踏む。

2　鉛筆の芯が折れる。

1の「が」は、主語を表してはいません。言い換えれば「自分の影」ということで、上の「己」という体言が下の「影」という体言を修飾することを示しています。同様に、2の「の」は、上の「鉛筆」という体言が下の「芯」という体言を修飾していることを示しています。この「**が**」「**の**」のように、体言を修飾する格助詞のことを連体格の格助詞と言います。

③**連用格**（用言を修飾する）

1　本を読む。

2　**東京に行く**。

3　**友人と出かける**。

4　**岩肌より流れ出る**。

1の文の「を」は、上の「本」という体言が下の「読む」という用言を修飾することを示しています。同様に、2の「に」、3の「と」、4の「より」も、それぞれ下の用言を修飾する働きをしています。このように、下の用言を修飾する格助詞のことを連用格の格助詞と言います。「が」「の」以外の格助詞は、すべて連用格の格助詞です。

注意すべきは「が」「の」

俳句を作る上で、注意すべき格助詞は「が」と「の」だけだと言ってよいでしょう。それ以外の連用格の格助詞は、現代語と意味・用法に大きな違いはありませんので、格別意識する必要がないのです。

「が」「の」はともに、主格にも連体格にもなり、互いに置き換え可能です。どちらを用いるかは作者に委ねられているわけですが、俳句では「が」の濁音を嫌い、「の」

を積極的に用いるのが一般的です。

特に、連体格の場合は圧倒的に「の」を使う場合が多く、「が」を用いるのは、「我が〜」「己(おの)が〜」「誰(た)が〜」など上に代名詞が来る場合や、「梅が香」のように熟した表現の場合など、実作例は限られています。

主格の場合も、俳句では「の」を使うことが多いようです。しかし、「の」がいくつも続く場合や、「の」では不自然に感じられる場合には「が」を用いても構わないでしょう。

では、次の練習問題を考えてみましょう。

一練習44一 次の各句の中から格助詞をすべて抜き出し、その用法を、主格・連体格・連用格のいずれかで答えてください。（答は巻末「練習問題の解答」）

① 四五枚の田の展(ひら)けたる雪間かな　高野素十
② 釈奠(せきてん)や誰(た)が註古りし手沢本(しゅたくぼん)　日野草城
③ 鳥の巣に鳥が入つてゆくところ　波多野爽波
④ 卒業の兄と来てゐる堤かな　芝　不器男
⑤ 辛夷(こぶし)より白きチョークを置きにけり　西嶋あさ子

軽く切る「の」

俳句には、軽く切る「の」と呼ばれている用法があります。次の二つの例句を見比べてみましょう。

1 大寒の埃の如く人死ぬる　高浜虚子
2 大寒の一戸もかくれなき故郷　飯田龍太

どちらも「大寒の」で始まる句ですが、「の」の使い方はどのように違うでしょうか。1の句では、

大寒の埃の如く人死ぬる

のように、「大寒の」はすぐ下の「埃」という体言のみを修飾しています。一方、2の句では、

大寒の一戸もかくれなき故郷

のように、中七から下五にかけての全体を修飾していることがわかります。「大寒や」と言い換えた場合ほど強い切れはないものの、軽く切る意識で使われている「の」であると言えるでしょう。2の句のような「の」の用法を、俳句では軽く切る「の」と

称しているのです。

練習45 次の各句の中から、軽く切る「の」を用いている句をすべて選び、その番号を答えてください。（答は巻末「練習問題の解答」）

① 紅梅の紅の通へる幹ならん　高浜虚子
② 花冷の百人町といふところ　草間時彦
③ 早春の見えぬもの降る雑木山　山田みづえ
④ 立子忌の風に囁きある如し　星野高士

③ 接続助詞

接続助詞とは

接続助詞とは、用言や助動詞に接続し、上の文節と下の文節との関係を示す助詞のことです。上と下との関係によって、順接、逆接など、さらにいくつかに分類できます。

接続助詞には、次のような助詞があります。

ばんでゆきましょう。

ば・とも・ど・ども・て・が・に・を・で・して・つつ・ながら・ものの・ものから・ものを（など）

数は多いのですが、太字にした助詞が特に重要ですので、これについて重点的に学んでゆきましょう。

「ば」は接続に要注意

まずは、「ば」の用法について、次の例句で考えてみましょう。

1　この樹登らば鬼女となるべし夕紅葉　　三橋鷹女
2　咳き込めば我火の玉のごとくなり　　川端茅舎

1の「ば」は「登る」という動詞の**未然形に接続**しています。このような場合、意味としては「（もし）登ったならば」という仮定を表します。この句の場合、中七で「鬼女となるべし」と推量を述べていますから、上五の内容は仮定でよいわけです。このような「ば」の用法を、文法的には**順接仮定条件**と言います。

一方、2の「ば」は「咳き込む」という動詞の**已然形に接続**しています。このような場合には、「咳き込んだところ」という意味になり、それがすでに起こった事柄であることを示します（現代語では「咳き込めば」と言うと仮定を表しますが、文語ではそうはならないので要注意です）。この句の中では、作者は実際に咳き込んだ結果、「火の玉」のような状態になってしまったのです。このような「ば」の用法を、文法的には**順接確定条件**と言います。

順接確定条件には、「……（た）ところ」という意味のほかに、「……ので」と原因・理由を表す場合や、「……（する）と必ず」と恒常条件を表す場合もありますので、あわせて覚えておきましょう。

これだけは覚える！

1 **未然形 ＋「ば」↓ 順接仮定条件**
もし……ならば

2 **已然形 ＋「ば」↓ 順接確定条件**
……（た）ところ
……ので
……（する）と必ず

「ば」の形容詞への接続

次に、形容詞に「ば」が接続する場合の用例を見てみましょう。

1　死なくば遠き雪国なかるべし　　和田悟朗
2　みちのくの雪深ければ雪女郎　　山口青邨

どちらもク活用の形容詞に接続していますが、1は**未然形**の「なく」に接続していますので**順接仮定条件**、2は**已然形**の「深けれ」に接続していますので**順接確定条件**を表しています。

未然形	連用形	終止形	連体形	已然形	命令形
く	く	し	き	けれ	
から	かり		かる		かれ

形容詞の**未然形**には、右の表のように「く」「から」という二通りの活用語尾がありますが、「ば」に接続する場合は、**活用語尾「く」**が用いられます。この場合、

「ば」が清音化して、「死なくは」のようになることもあります。

同様に、助動詞「ず」に接続する場合も、未然形「ず」に対して、清音の「は」が接続し、

3　忘れずは佐夜の中山にて涼め　芭　蕉

のようになることがありますので、覚えておきましょう。

では、「ば」についての練習問題です。

―練習46―次の各句の傍線部が順接仮定条件ならばA、順接確定条件ならばBで答えてください。（答は巻末「練習問題の解答」）

① 鳥わたるこきこきこきと罐切れば　秋元不死男
② 朝顔や百たび訪はば母死なむ　永田耕衣
③ ちるさくら海あをければ海へちる　高屋窓秋
④ 囀に色あらば今瑠璃色に　西村和子

―練習47―次の各句の（　）内の語を、①・②は順接仮定条件を表す形に、③・④は順接確定条件を表す形に、それぞれ活用させてください。（答は巻末「練習問題

の解答」)

①我(死ぬ)ば紙衣を誰に譲るべき　夏目漱石
②大夕焼消え(ぬ)ば夫の帰るべし　石橋秀野
③あはあと(吹く)ば片寄る葛湯かな　大野林火
④遠浅の水(清し)ば桜貝　上田五千石

逆接の「とも」・「ど」「ども」

続いては、逆接の接続助詞について見てみましょう。

1　木蓮の一枝を折りぬあとは散るとも　橋本多佳子
2　悴(かじか)み病めど栄光の如く子等育つ　石田波郷
3　叩けども叩けども水鶏(くいな)許されず　高浜虚子

1の「とも」という接続助詞は、動詞「散る」の**終止形に接続**し、「(たとえ)散るとしても」という逆接の仮定を表しています。このような用法を、文法的には**逆接仮定条件**と言います。

一方、2の「ど」は、動詞「病む」の**已然形に接続**し、「病んでいるけれども」「病んでいるにもかかわらず」という意味を表しています。3の「ども」も、**已然形に接**

続する同様の用法です。このような「ど」「ども」の用法を、文法的には**逆接確定条件**と言っています。

これだけは覚える！

1　終止形＋「とも」↓逆接仮定条件
たとえ……しても
2　已然形＋「ど」「ども」↓逆接確定条件
……けれども
……にもかかわらず

「とも」への連体形接続

逆接仮定条件を表す「とも」は本来終止形接続の助詞ですが、次のような用例をしばしば目にします。

八頭(やつがしら)いづこより刃を入るるとも　飯島晴子

この句では、下二段動詞「入る」の終止形ではなく、連体形「入るる」に「とも」

が接続しています。

このような連体形接続の用例は、すでに鎌倉時代に行われていました。現代の俳句においても、終止形接続より連体形接続の作例の方が、圧倒的に多いようです。

このような現状を鑑みると、「とも」は原則的に終止形接続だということを承知した上で、それが不自然に感じられる場合には、連体形接続で用いることも許容されてよいと、私は考えています。

「とも」の形容詞への接続

今度は、「とも」に形容詞が接続する場合を考えてみましょう。

小さくとも　藤原佛か閑古鳥　　田中裕明

この句では、形容詞「小さし」の連用形「小さく」に「とも」が接続して逆接仮定条件を表しています。このように、「とも」は、形容詞に対しては終止形接続ではなく連用形接続になりますので注意してください。

では、練習問題を考えてみましょう。

—練習48—次の各句の（　）内の語を、下の接続助詞に続く形に活用させてください。(答は巻末「練習問題の解答」)

① 七生七たび君を娶(めと)らん(吹雪く)とも　　折笠美秋
② 水仙花三年(病む)ども我等若し　　石田波郷
③ わが夏帽どこまで(転ぶ)ども故郷　　寺山修司

単純接続の「て」

最後に、「て」の用法について見てみましょう。

田一枚植ゑて立ち去る柳かな　　芭蕉

この句の「て」は、動詞「植う」の連用形に接続し、その下の動詞「立ち去る」との間をつないでいます。その関係は、順接でも逆接でもなく、二つの動作が連続して行われたことを表しています。このような関係を、文法的には単純接続と言います。「て」は、現代語と大きく異なる点はありませんので、あまり難しく考えなくてもよいでしょう。

ウ音便には要注意

連用形接続の「て」に動詞が接続する場合には、しばしば音便が現れます。特に間違いが多いのは、ゥ音便の表記です（第三章「動詞の音便」参照）。

！よくある間違い

花菜漬買ふて明るき傘ひらく

ゥ音便のゥはア行の「う」ですから、この場合は、

花菜漬買うて明るき傘ひらく

としなければなりません。十分に注意してください。

④　副助詞

副助詞とその意味

副助詞とは、種々の語に接続し、さまざまな意味を添える助詞のことです。副助詞には、次の八つの助詞があります。

だに	**類推**（……さえ）
すら	最小限の限定（せめて……だけでも）
さへ	類推（……さえ）
し	**添加**（……までも）
のみ	強意
ばかり	**限定**（……だけ）
まで	**限定**（……だけ）
など	程度（……ほど・くらい）
	限界（……まで）
	例示（……など）

この中で、俳句によく用いられるものは、太字にした助詞・用法です。その中で、「のみ」「ばかり」「まで」「など」は、現代語と大きく違うところはありませんので、特に注意は必要ないでしょう。

「さへ」は、文語では、表にあるようにもっぱら**添加**の意味で用いられていました。しかし、現代語では「だに」や「すら」の意味も吸収し、**類推**や**最小限の限定**の用法でも用いられるようになりました。現代の俳句では、こうした用例も許容されてよいと思います。

では、副助詞についての練習問題です。

練習49　次の各句の中から副助詞を抜き出し、その意味を答えてください。（答は巻末「練習問題の解答」）

①　裸子をひとり得しのみ礼拝す　石橋秀野
②　さみだれや船がおくるる電話など　中村汀女
③　かほどまで咲くこともなき椿かな　飯島晴子
④　朧にて寝ることさへやなつかしき　森　澄雄
⑤　風の日の記憶ばかりの花辛夷　千代田葛彦

⑤　係助詞

係助詞とその意味・用法

係助詞とは、種々の語に接続し、強意・疑問・反語などを表し、文末にある一定の活用形を要求する助詞のことを言います。係助詞には、次の七つがあります。

ぞ・なむ・こそ……強意
や（やは）・**か**（かは）……疑問・反語
は……話題の提示・対比的な強調（など）
も……並列・添加・強意（など）

この中で、使用頻度が高いのは太字で示した助詞です。疑問・反語を表す「や」「か」は、俳句ではあまり用いられませんので、ざっと理解しておけば十分でしょう。強意の「なむ」は、まず使われることはありませんので、特に意識しなくてもよいでしょう。

係結びの法則
係助詞を用いた文の末尾に、終止形以外の活用形が来る原則を、係結びの法則と言います。

これだけは覚える！

ぞ・なむ↓連体形　強意を表す
や・か　↓連体形　疑問・反語を表す
こそ　　↓已然形　強意を表す

具体的な用例を見てみましょう。

1　田の池に春の夕焼(ゆやけ)ぞうつりたる　水原秋櫻子

この句は、中七の「ぞ」に呼応する形で、句末の「たり」が連体形になっています。「ぞ」を用いていなければ、「田の池に春の夕焼のうつりたり」であったわけです。

2　勇気こそ地の塩なれや梅真白　中村草田男

同様に、この句でも上五の「こそ」に呼応して、中七の「なり」が已然形の「なれ」に変わっています。その下の「や」はいわゆる切字の「や」で、係結びの法則に直接関係はありません。

まずは、このような基本的な係助詞の用法を、しっかり頭に入れてください。

練習50 次の各句の中から係助詞を抜き出し、さらにその結びの語を抜き出してください。（答は巻末「練習問題の解答」）

① 霧しぐれ富士を見ぬ日ぞ面白き　芭蕉
② 朧（おぼろ）三日月吾子の夜髪ぞ潤へる　中村草田男
③ 鈴に入る玉こそよけれ春のくれ　三橋敏雄

練習51 次の各句の（　）内の語を、係助詞の結びとして正しく活用させてください。（答は巻末「練習問題の解答」）

① 海女とても陸（くが）こそ（よし）桃の花　高浜虚子
② 香水の香ぞ鉄壁をなせり（けり）　中村草田男
③ 桔梗（きちこう）や信こそ人の絆（なり）　野見山朱鳥

「こそ……已然形」の逆接用法

続いて、係助詞の応用的な用法を見ていきましょう。

春暁や人こそ知らね木々の雨　日野草城

この句では、「こそ」の結びに打消の助動詞「ず」の已然形「ね」が用いられて、係結びが成立しています。しかし、この「ね」で意味が切れるかというと、どうもそうではなさそうです。と言うのも、「春暁や」で一度切れていますので、中七でも切れるとすると、いわゆる三段切れになってしまうからです。つまり、この「ね」は切る意識で使われているのではなく、そのまま下の「木々の雨」につながっていく用法だと言えます。

このように、「**こそ……已然形**」の係結びが文中に用いられる場合には、**逆接確定条件**を表すという決まりがあります。この句は、「人は知らないけれど、木々には雨（が降っている）」という意味を表しているのです。

「やらん」は「やあらん」

次の句は、どういう意味でしょうか。

沈丁の香の強ければ雨やらん　松本たかし

句末の「やらん」という表現は、「やあらん」の約まった形です。「やあらん」の「や」は疑問の係助詞、「ん（む）」は推量の助動詞「む」の連体形ですから、もともとは係結びの法則が成立していたのです。意味としては、「雨であろうか」という疑問を表しています。

「や」「か」の文末用法

疑問・反語の係助詞を俳句に用いた例は、必ずしも多くありませんが、次のように句の末尾に用いる例が散見されます。

1 抱く吾子も梅雨の重みといふべしや　飯田龍太
2 吾妻かの三日月ほどの吾子胎(やど)すか　中村草田男

このような「や」「か」の使い方を文末用法と言っています。1の句の「や」の用法は、いわゆる切字の「や」とは異なるものだと考えてください。このような応用的な用法も覚えておくと、実作の際、役に立つでしょう。

「は」「も」はなぜ係助詞か

次は、係助詞「は」「も」についてです。この二つの助詞は、いわゆる係結びを引き起こさないのに、係助詞に分類されています。その理由を、わかりやすく現代語の例文で考えてみましょう。

1 私は東京生まれだ。

2　父も旅行好きだ。
3　私には大きすぎる靴だ。
4　父とももう一度よく話し合いたい。

1・2の文では、「は」「も」はその文の主語となっています。主語になることができるという点では、格助詞と同じ働きを持っています。
しかし、格助詞が体言や連体形にしか接続しないのに対して、「は」「も」は、3・4のように、他の助詞などにも接続する点が大きく異なります。
「は」「も」が係助詞に分類されているのは、結びに終止形を要求する助詞だからなのです。文末にある一定の活用形を要求するという点では、係助詞の定義を満たしているのです。ただ、これを係結びの法則とは、普通言いません。

「は」は話題の提示・対比的な強調

では、「は」にはどのような意味があるのでしょうか。

春雷(しゅんらい)は空にあそびて地に降りず　福田甲子雄

この「は」は、「春雷」を話題にするということを、読者に提示する役割をしてい

ます。また、言外では「(夏の雷に対して)春雷は……」と対比的に強調していると
も言えるでしょう。

「も」は並列・添加・強意など

「も」には、種々の用法があります。

1 かまきりも青鬼灯も生れけり　　百合山羽公
2 風鈴をしまふは淋し仕舞はぬも　　片山由美子
3 秋灯かくも短き詩を愛し　　寺井谷子

1は「かまきり」と「青鬼灯」という二つの名詞をつなぐ**並列**の用法。2は、「仕舞わないのもまた」という意味の**添加**の用法。3は、「かく短き」の意味を強めている**強意**の用法です。
「も」は、不用意に俳句で用いると饒舌になりすぎますので、実作上は注意しましょう。

では、「は」「も」の練習問題です。

―練習52―次の各句の中から係助詞を抜き出し、さらにその意味を答えてください。

（答は巻末「練習問題の解答」）

①　蛍見の人みなやさし吾もやさし　　飯島晴子
②　草も木も水も八十八夜の香　　黒田杏子
③　シャワー浴ぶくちびる汚れたる昼は　　櫂　未知子

係助詞の間違った用法

最後に、係助詞でよくある誤用について触れておきましょう。

！よくある間違い

1　ほろ苦き目刺こそ佳し一人酒
2　天球を指す風船の淋しけれ

1の句は、係助詞の「こそ」を用いているにもかかわらず、それを形容詞「佳し」の終止形で受けてしまっていますが、これでは、係結びの法則に反してしまいます。係結びを成立させるためには、語順を換えて、

一人酒目刺の苦きこそ佳けれ

と改めるべきでしょう。

一方、2の句では「こそ」を用いていないにもかかわらず、句末を「淋しけれ」と已然形にしています。これも文法的にはおかしな表現です。「淋し」では音数が足りないので、それを補うために已然形にしているに過ぎません。こちらは已然形をやめて、

天球を指す風船の淋しさよ

と改めるのが適当でしょう。

音数合わせのために、安易に文法的誤りをおかさないよう、十分注意してください。

⑥ 終助詞

終助詞とその意味

続いて、終助詞について見てみましょう。

終助詞とは、文末にあって、さまざまな意味を添える助詞のことです。意味を添えるという働きは、副助詞と同様です。終助詞には、次のようなものがあります。

かな	**詠嘆**（……だなあ）
な	禁止（……な）
そ	禁止（……な・……ないでくれ）
ばや	願望（……たい）
もがな	願望（……たい・……があればなあ）
ぞ	念押し（……であることよ・……であるか）

この中でも、特に俳句で使用頻度が高いのは、**切字**としても用いられる「かな」です。それ以外の終助詞については、ざっと意味・用法を覚えておけばよいでしょう。

「かな」は体言・連体形接続

俳句で「かな」を用いるにあたって、文法的に気をつけるべきことは、原則的に体言または**連体形**に接続するということです（その他「ばかり」など一部の副助詞に接続することもあります）。

ところが、第一章でも述べたように、次のような誤用がよく見かけられます。

！よくある間違い

1 空き箱の中に空き箱長閑かな

2 薄紅を冴返りたる爪にかな

1の句は、体言ではなく、形容動詞「長閑なり」の語幹「長閑」に「かな」を接続させている点が問題です。2の句は、助詞の「に」に「かな」を接続していますが、これも文法的には間違った用法です。それぞれ、次のように推敲するのがよいでしょう（第一章「「かな」は名詞か連体形に接続」参照）。

空き箱の中に空き箱長閑なり

薄紅を冴返りたる爪に差す

上五・中七の「かな」

「かな」は終助詞ですから、圧倒的に句の末尾に用いられることが多いのですが、ときどき上五や中七に「かな」を使っている例を見かけます。

寒鯉はしづかなるかな鰭を垂れ　水原秋櫻子

この句では、中七に「かな」が使われていますが、語順を入れ替えて、

鰭を垂れ／寒鯉はしづかなるかな

という意味で理解することができます。つまり、全体としては倒置法になっているのです。上五や中七に「かな」を用いるのは、このような倒置法の場合に限った方がよいでしょう。

では、「かな」についての練習問題です。

練習53　次の句の（　）内の語を、「かな」に接続するよう、活用させてみましょう。（答は巻末「練習問題の解答」）

①蜘蛛に生れ網をかけねばなら（ず）かな　高浜虚子
②麦刈て近江の湖の（碧し）かな　石井露月
③夕凪に乳啣（ふく）ませてゐ（たり）かな　久米正雄
④夏雲群るるこの峡中に（死ぬ）かな　飯田蛇笏
⑤葛切を食べて賢くなり（き）かな　今井杏太郎
⑥鳥たちし大山蓮華（ゆる）かな　小澤實

禁止の「な……そ」

「かな」以外の終助詞についても、簡単に見てゆきましょう。まずは、禁止を表す「な……そ」の用法です。

数ならぬ身とな思ひそ魂祭(たままつ)り　芭蕉

この句の「な」は文法的には副詞で、「そ」が禁止の終助詞です。「な」と「そ」の間に動詞の連用形を挟むことによって、「……ないでくれ」という禁止の意味を表します。

「な……そ」は、かなり古めかしい表現と言えるかもしれません。別の禁止の終助詞「な」を用いて、「思ふな」と言っても、意味は大きく変わりません。どちらを用いるかは作者次第です。

願望の「ばや」「もがな」

続いて、願望を表す終助詞です。

1 蓬萊に聞かばや伊勢の初便　芭蕉
2 みちのくに恋ゆゑ細る滝もがな　筑紫磐井

1の「ばや」は動詞の未然形に接続し、「……たい」という願望を表します。この句の場合、願望の助動詞「たし」を用いて「聞きたし」と言っても、意味は大きく変わりません。

一方、2の「もがな」は名詞や種々の語に接続します。名詞に接続した場合、「……があればなあ」という願望を表します。

「ばや」や「もがな」も、現代の俳句においては、やや古めかしい表現と言えるでしょう。

念押しの「ぞ」

最後に、念押しの意味で用いられる「ぞ」です。「ぞ」には、係結びを引き起こす係助詞の用法もありますが、ここでは、終助詞の用法について見てみましょう。

1　蛤(はまぐり)のふたみに別れ行く秋ぞ　　芭蕉

2　白地着てこの郷愁の何処よりぞ　　加藤楸邨

この二句では、ともに「ぞ」が句の末尾に用いられ、念押しを表しています。一方、1の句では、「……であることよ」という、一種の強調の意味になっています。一方、2の句では「何処」という疑問の語と呼応して、「……か」と問いただす意味を表しています。

では、練習問題を考えてみましょう。

練習54 次の各句の中から終助詞を抜き出し、その意味を答えてください。（答は巻末「練習問題の解答」）

① 秋深き隣は何をする人ぞ　芭蕉
② みよし野の花の残心辿らばや　山田弘子
③ 切株の木の名な問いそ片時雨（しぐれ）　池田澄子

切字として用いられる「ぞ」

「ぞ」には、句の途中に、切字として用いられる用法があります。

石仏の嘆き聞く日ぞ母子草　秋元不死男

この句の「ぞ」は「や」に置き換えることが可能です。つまり、切字の役割を果たしているのです。「や」を用いた場合と比べると、「ぞ」はやや強い表現と言えるかもしれません。この場合の「ぞ」も文法的には終助詞と見なしてよいでしょう。

⑦ 間投助詞

間投助詞とその意味・用法

最後に、間投助詞について説明します。

間投助詞とは、文中や文末にあって、語調を整えたり詠嘆などの意味を添える助詞のことを言います。間投助詞で、俳句によく用いられるのは、次の二つです。

や・よ

特に、「や」は切字として用いられ、俳句の中でも最も使用頻度の高い助詞と言えるでしょう。

種々の語につく「や」

間投助詞には、明確な接続の原則はありません。「や」は、種々の品詞や活用形に接続します。第一章にも挙げた例句のように、名詞や、動詞の終止形・連体形、形容詞の終止形・語幹などに接続します。実作上は、きわめて自由度の高い助詞だと言えます。

切字にならない「や」もある

間投助詞の「や」を切字として用いるようになったのは近世以降のことです。それ以前の古歌などでは、必ずしも「や」を切る意識で用いてはいません。例えば、

ほととぎす鳴くや五月のあやめぐさあやめも知らぬ恋もするかな（『古今集』）

の「や」には詠嘆の意味はなく、単に語調を整えるための用法で、省略しても意味は全く変わりません。

このような切字にならない「や」は、現代の俳句にも使われることがあります。

母や亡し坐ってたぶる蓬餅　星野麥丘人

この句の切れは「亡し」の後にあり、「母や亡し」は一つのフレーズとして理解しなければなりません。この「や」は省略しても意味が変わらないという点で、前述の『古今集』の「や」の用法と同じだと言えます。

このような「や」の用法もあることを覚えておいてください。

「よ」は呼びかけ・軽い切字

次に「よ」について見てみましょう。「よ」も間投助詞ですから、「や」と同様種々の語に接続しますが、俳句では体言または動詞の連体形に接続する用例が圧倒的に多いようです。使われる位置はどうでしょうか。

1　啄木鳥（きつつき）よ汝（なれ）も垂直登攀（とうはん）者　福田蓼汀
2　厨房に貝があるくよ雛祭　秋元不死男
3　風生と死の話して涼しさよ　高浜虚子

この例のように、上五・中七・下五のいずれにも用いられます。「や」と異なる点は、3の例のように、句の末尾に用いられる例が比較的多いことです。

三つの例句を比較してみると、1の「よ」は啄木鳥に呼びかけるような意味で用いられていることがわかります。文法的には**呼びかけ**の用法と言います。

一方、2の「よ」は、「や」に置き換え可能で、**切字**として用いられていることがわかります。3の「よ」も軽い詠嘆を表しており、「かな」に近い使い方となっています。このように、俳句における「よ」は**軽い切字**としても用いられるのです。

では、「や」「よ」についての練習問題を考えてみましょう。

―練習55―次の各句の「や」「よ」の働きとして適切なものを、後の選択肢から選び、記号で答えてください。（答は巻末「練習問題の解答」）

①　春や昔十五万石の城下かな　正岡子規
②　蓑虫の父よと鳴きて母もなし　高浜虚子
③　痩馬のあはれ機嫌や秋高し　村上鬼城
④　貴船路の心やすさよ浴衣がけ　星野立子

ア　切字として用いられている
イ　語調を整えるために用いられている
ウ　呼びかけの意味で用いられている

―練習56―次の各句の傍線部「や」「よ」の中で、間投助詞ではないものを、すべて選んでください。（答は巻末「練習問題の解答」）

①　箱庭のとはの空家の涼しさよ　京極杞陽
②　大地いましづかに揺れよ油蟬　富沢赤黄男
③　糸遊（いとゆう）を見てゐて何も見てゐずや　斎藤　玄
④　蔦（つた）茂り壁の時計の恐しや　池内友次郎

切字の併用はなぜだめか

古来、一句の中に「や」「かな」「けり」を同時に使うことは戒められていますが、それはなぜでしょうか。
第一章でも述べましたが、文法的には、切字の「や」は詠嘆の間投助詞、「かな」は詠嘆の終助詞、「けり」は詠嘆の助動詞で、いずれも詠嘆を表す語なのです。たった、十七音の詩の中に、二つも詠嘆を表す語が入ったのでは、どこに感動の中心があるのかわからなくなってしまい、逆に句の印象が分散してしまいます。
「かな」と「けり」の併用はまずあり得ないとしても、「や……かな」「や……けり」の併用は、句会でもしばしば見受けられますので、十分注意してください。

「や……けり」の例外

「や……けり」の併用が原則的に戒められているにもかかわらず、その例外的な名句として、しばしば取り上げられるのが次の句です。

降る雪や明治は遠くなりにけり　　中村草田男

この句では、「や」と「けり」の間に、係助詞の「は」が用いられています。この「は」は、俳句の用語で抱字(かかえじ)と呼ばれているもので、これが間に挟まっている場合に限って「や……けり」の併用が認められているのです。一体なぜなのでしょうか。

抱字と草田男の句について『現代俳句大事典』(三省堂)では、次のように説明しています。

一句に「や……けり」「や……かな」等、強い二つの切字が用いられる場合、「や」の下に置かれる「は」「も」等の助詞のこと。(中略)「降る雪」に切字「や」が添えられているが、「は」があることによって、「明治」という話題が別に提出されることが明確化されるので、それに切字「けり」が添えられても、別のものが切れる感じになって、切字の重複感は少ない。

非常に的確な説明だと思います。前に説明したように、係助詞の「は」には**話題を提示する働き**があります。その「は」を挟むことによって、詠嘆の中心が二つあっても、別の話題が出されたことが明確化するために、切字の重複による弊害が軽減されるというのです。

これが「や……は……けり」の認められている理由です。

切字の併用をどう考えるか

しかし、ここで注意していただきたいのは、先の説明でも「切字の重複感は少ない」とあるように、仮に「は」を挟んだとしても詠嘆の中心が二箇所あることに変わりはないということです。句の印象が分散することは避けられないように思います。

そのように考えると、「や……は……けり」という形を安易に用いることは避けるべきだというのが、私の見解です。

抱字には係助詞「も」も挙げられることがありますが、「も」の場合は、なおさら弊害を避けることが難しいように思います。「や……も……けり」の形で成功した例は見たことがありません。

「や……かな」の併用も、「や……けり」以上に詠嘆の重複を感じさせます。実作の際には避けるのが賢明でしょう。

第八章

名詞・副詞・連体詞・接続詞・感動詞

この章では、活用しない自立語、すなわち名詞・副詞・連体詞・接続詞・感動詞について、まとめて説明したいと思います。

① 名詞

名詞とその種類

名詞とは、自立語で活用がなく、主語になることができる品詞のことです。別名、体言とも言います。

名詞には、次の五種類があります。

① 普通名詞
特定の個体を指さない一般的な事物を表す名詞。
(例) 空・山・犬・机・恋・右・戦争（など）

② 固有名詞

地名・人名など、特定の個体を指し示す名詞。
(例) 東京・富士山・松尾芭蕉・ポチ・源氏物語 (など)

③ **数詞**
事物の数量や順序などを表す名詞。
(例) 一人・二日・十年・三十路 (など)

④ **代名詞**
その名の代わりに、事物を指し示す名詞。
(例) これ・いづこ・かなた・私・君 (など)

⑤ **形式名詞**
具体的な意味を持たず、形式的な意味を表す名詞。
(例) こと・もの・ため・ほど・まま (など)

名詞か名詞でないか

ある言葉が名詞か名詞でないかは、格助詞の「が」を接続させることで識別できます。
たとえば、「長閑」という語は一見名詞のようにも思えますが、「長閑が……」のように言うことはできません。つまり、主語になることができないので、「長閑」は名詞ではないということです（ちなみに文法的には、「長閑」は形容動詞「長閑なり」の語幹です）。

第五章でも述べたように、しばしば「長閑かな」のような用例を見かけますが、「かな」が名詞または連体形接続である原則からすれば、このような用法は文法的誤りになりますので注意してください。

では、名詞の種類についての練習問題です。

練習57 次の各句の中から名詞をすべて抜き出し、その種類を記号で答えてください。（答は巻末「練習問題の解答」）

①　鶏頭の十四五本もありぬべし　　正岡子規
②　我のみの菊日和とはゆめ思はじ　　高浜虚子
③　祖母（そぼ）山（さん）も傾（かたむく）山（さん）も夕立（ゆだち）かな　　山口青邨
④　いづくにもとゞろく濤（なみ）や盆支度　　石田波郷
⑤　草市に買ひたるもののどれも軽し　　安住　敦
⑥　これよりはみちのくに入る威し銃　　菖蒲あや

ア　普通名詞　イ　固有名詞　ウ　数詞　エ　代名詞　オ　形式名詞

転成名詞

次の句の傍線部の品詞は何でしょうか。

大空の見事に暮るる暑さかな　一茶

「かな」が名詞に接続する終助詞であることからもわかるように、「暑さ」は名詞です。

もともと「暑し」は形容詞ですが、形容詞の語幹に接尾語の「さ」がつくことで、品詞は名詞に変わります。このように、他の品詞から転じて成立した名詞のことを**転成名詞**と言います。「さ」のほかに、

楽し（形容詞）↓楽しみ（名詞）

の例のように、**接尾語**「み」が用いられることもあります。

また、転成名詞には、形容詞から転じたもののほかに、

振る舞ふ（動詞）　↓振る舞ひ（名詞）

あたたかなり（形容動詞）↓あたたかさ（名詞）

のように、動詞や形容動詞から転成したものもあります。

【練習58】次の各句の中から転成名詞をすべて抜き出してください。（答は巻末「練習問題の解答」）

①小鳥来る音うれしさよ板びさし　蕪　村
②風生と死の話して涼しさよ　高浜虚子
③のどかさに寝てしまひけり草の上　松根東洋城
④雨降れば暮るる速さよ九月尽　杉田久女
⑤次の間に人のぬくみや暮の秋　山上樹実雄
⑥秋天に流れのおそき雲ばかり　星野高士

② 副詞

副詞とその種類

続いて、副詞について見てみましょう。
副詞とは、自立語で活用がなく、主に用言を修飾する品詞のことを言います。
副詞には、次のような種類があります。

① **状態の副詞**
動作・作用の状態を、より詳しく述べる副詞。
(例)たちまち・つくづく(と)・ゆらり(と)(など)

② **程度の副詞**
性質・状態の程度を、より詳しく述べる副詞。
(例)いささか・いよいよ・少し・なほ・やうやう(など)

③ **呼応の副詞**
打消・禁止などを表す語と呼応する副詞。
(例)いまだ(……ず)・ゆめ(……な)・な(……そ)(など)

指示語の副詞

次の句の傍線部の品詞は何でしょうか。

秋灯かくも短き詩を愛し　寺井谷子

この「かく」は、現代語に直すと「こんなに」の意味で、下の「短き」という形容詞を修飾しています。つまり、品詞分類上は副詞ということになるのです。

同様に「さ」「しか」は、「そのように」の意味の副詞となります。いわゆる指示語の中には、副詞となるものもあるのです。

オノマトペは状態の副詞

俳句には、オノマトペがしばしば用いられます。オノマトペには、実際に聴覚的にとらえられるものを言語化した擬声語と、聴覚以外の印象を言語化した擬態語とがあります。

1　鳥わたるこきこきこきと罐切れば　　秋元不死男

2　ひらひらと月光降りぬ貝割菜　　川端茅舎

1の句の「こきこきこきと」は、実際に缶を切る音を表しているので擬声語、2の句の「ひらひらと」は月光の降り注ぐさまをとらえているので擬態語ということになります。

1の「こきこきこきと」が下の「切る」という動詞を、2の「ひらひらと」が下の「降る」という動詞を、それぞれ修飾していることからもわかるように、オノマトペも品詞分類上は副詞となるのです。これらは、いずれも状態の副詞になります。

では、副詞についての練習問題です。

練習59 次の各句の中から副詞をすべて抜き出してください。（答は巻末「練習問題の解答」）

①数ならぬ身とな思ひそ魂祭り　芭蕉
②捕虫網買ひ父がまづ捕へらる　能村登四郎
③ことごとく秋思十一面観音　鷹羽狩行
④羽音なほ夜空に残し蚊喰鳥（かくいどり）　稲畑汀子
⑤ただ長くあり晩秋のくらまみち　田中裕明
⑥やや高き枝に移りぬ雨蛙　長谷川櫂
⑦黒板のつくづく黒き休暇明　片山由美子
⑧ぶらぶらと根釣の下見とも見ゆる　石田郷子

③ 連体詞

連体詞とは
連体詞とは、自立語で活用がなく、もっぱら体言を修飾する品詞のことを言います。
連体詞は、該当する単語がもっとも少ない品詞です。代表的な連体詞には、次のようなものがあります。

ある・あらゆる・いはゆる・かかる・さる（など）

俳句の中で用いられることも、さほど多くはありません。ざっと理解しておけば十分でしょう。

練習60 次の各句の中から連体詞を抜き出してください。（答は巻末「練習問題の解答」）

① ある僧の月も待たずに帰りけり　正岡子規

② さる方にさる人すめるおぼろかな　久保田万太郎

③ かかる小さき墓で足る死のさはやかに　岡本眸

④ 接続詞

接続詞とその種類

次に、接続詞について見てみましょう。

接続詞とは、自立語で活用がなく、文と文・語と語をつなぐはたらきをもつ品詞のことです。文語の接続詞には、次のような種類があります。

①　**順接**
かくて・さらば・されば・しかうして（など）

②　**逆接**
されど・さりながら・しかるに（など）

③　**並列・添加**
また・かつ・および・ならびに（など）

④　**選択・対比**
あるいは・または（など）

⑤　**説明・補足**
すなはち・ただし（など）

俳句における接続詞

接続詞は、二つ以上の内容をつなぐために用いられるものですが、そもそも俳句はたった十七音しかない詩型ですので、多くのことを述べることはできません。接続詞を俳句に用いることは稀だと言ってよいでしょう。

俳句における接続詞の数少ない用例には、次の二つのタイプがあります。

1　黙し合ふ山また山や朴落葉　岡田日郎
2　されど生きん桃に灯影の一つ一つ　川口重美

1の句では、「また」という接続詞が、上の「山」と下の「山」を並列の関係でつないでいます。このようにごく短い単語をつなぐときに接続詞「また」を用いた例が、ときどき見受けられます。

2の句では、いきなり**逆接の接続詞**「**されど**」が用いられています。この句の場合、俳句に書かれていない前の部分で「生きん」に反するような内容を、作者が考えていたことを示唆しています。俳句は短いため、文と文をつなぐような述べ方はできませんが、このように接続詞を用いることによって、それ以前の内容を読者に想像させることができるのです。

実作で接続詞を用いることは少ないと思いますが、このような用例を覚えておくと参考になるでしょう。

接続詞の「また」と副詞の「また」

次の句の「また」は、先に挙げた「山また山」の「また」と、どう違うでしょうか。

浴後また木犀の香を浴びにけり　相生垣瓜人

この句の「また」には、語と語をつなぐ働きはなく、意味的には「再び」と言い換えることができます。このような使い方の「また」は、接続詞ではなく、用言を修飾する副詞ということになります。

では、接続詞についての練習問題です。

練習61 次の各句の中から接続詞を抜き出し、その種類を答えてください。（答は巻末「練習問題の解答」）

①稲架（はざ）解くや雲またほぐれかつむすび　木下夕爾
②家低く山また低し豆の花　三田きえ子
③されど死は水羊羹の向かう側　櫂未知子
④而（しこう）してみちのくに入るしはぶきも　峯尾文世

⑤　感動詞

感動詞とは

感動詞とは、自立語で活用がなく、他と独立して用いられ、感動・呼びかけ・応答などを表す品詞のことです。感動詞には、次のような種類があります。

① 感動
ああ・あはれ・あな・あら（など）

② 呼びかけ
いざ・いで（など）

③ 応答
いな・おう（など）

俳句で感動詞を用いることは、ごく稀だと言ってよいでしょう。写実を旨とし、感動を前面に出さない俳句においては、当然のことかもしれません。俳句で感動詞を用いるのは、よほどの抑えきれない感情をどうしても詠みたいときに限られるべきでしょう。

練習62 次の各句の中から感動詞を抜き出してください。（答は巻末「練習問題の解答」）

① 背筋冷ゆ一言波郷死すと嗚呼　石塚友二

② 寒晴やあはれ舞妓の背の高き　飯島晴子

③ いざ祝へ鶴をかけたる幸木かな　松瀬青々

第九章

敬語

この章では、敬語の用法について、簡単に見てゆきましょう。

敬語の三種類

敬語には、次の三種類があります。

① **尊敬語**

動作の主に対する敬意を表す動詞。

(例) おはす・います・給(たま)ふ (など)

② **謙譲語**

動作を受ける者に対する敬意を表す動詞。

(例) 申す・奉(たてまつ)る・賜る (など)

③ **丁寧語**

聞き手や、文章の読み手に対する敬意を表す動詞。

(例) 候ふ・侍(はべ)り (など)

俳句の中で、丁寧語を使うことはまずありません。尊敬語・謙譲語も、ごく限られた状況の中で用いられるのみです。具体的な用例を見てみましょう。

1　生身魂ひよこひよこ歩み給ひけり　細川加賀

2　滴りの岩屋の仏花奉る　高浜虚子

1の句は主語の「生身魂」自体が、自分にとって敬うべき存在であるため、その動作に対して尊敬語「給ふ」が用いられています。一方、2の句では、花を手向ける相手が仏様という尊敬の対象であるため、謙譲語「奉る」が用いられています。

このように、俳句においては、神仏や父母・祖父母などをモチーフにした句で、しばしば敬語が用いられます。

しかし、敬語を用いずに、「ひよこひよこ歩みけり」と言ったとしても、さほど失礼な表現になるわけではありません。実作の中で敬語を用いるかどうかは、その句の雰囲気などを考えて、作者自身で判断すれば差し支えないでしょう。

よく用いられる敬語の動詞

俳句でよく使われる敬語の動詞についてまとめてみましょう。

おはす	「あり」「をり」「行く」「来」の尊敬語 意味＝いらっしゃる
います	「あり」「をり」の尊敬語 意味＝いらっしゃる
～給(たま)ふ	尊敬の補助動詞 意味＝～ていらっしゃる
申す	「言ふ」の謙譲語 意味＝申し上げる
参る 詣(まう)づ	「行く」「来」の謙譲語 意味＝参る・詣でる
奉(たてまつ)る	「与ふ」の謙譲語 意味＝差し上げる

賜る	「受く」の謙譲語 意味＝いただく

俳句では、この程度の敬語を正しく使うことができれば十分です。では、敬語についての練習問題を考えてみましょう。

練習63 次の各句の中から敬語の動詞を抜き出し、その種類を答えてください。
（答は巻末「練習問題の解答」）

① 籐椅子に母はながくも居たまはず　馬場移公子
② 妻と寝て銀漢の尾に父母います　鷹羽狩行
③ 松飾松は山よりたまはりぬ　小澤　實
④ 日のあたる二階へ御慶申しけり　髙田正子

第十章　歴史的仮名遣い

第九章までで、すべての品詞についての説明が終わりました。この章では、歴史的仮名遣い（旧仮名遣い）について説明します。

仮名遣いについての基本的考え方

戦前は、すべての文章が旧仮名遣いで書かれていましたが、戦後は短歌・俳句など一部を除いて、新仮名遣いが用いられるようになりました。短歌や俳句などの短詩型文学では、依然として文語を用いることが有効であるため、それにふさわしい仮名遣いとして、旧仮名遣いがいまだに多く用いられているのです。

もちろん、今日では、新仮名遣いで俳句を表記している作者も多くいます。旧仮名遣いで書くか、新仮名遣いで書くかは、結社によって定められている場合もあるでしょうが、基本的には、作者自身が判断すればよいことです。文語で書かれた句を、新仮名遣いで表記することもあってよいわけです。

1　しぐるるやほのほあげぬは火といはず　　片山由美子

2 左大臣の矢を失いし頃の恋　寺井谷子
3 春は曙そろそろ帰ってくれないか　櫂 未知子
4 朝九時のすずめのえんどう下さいな　坪内稔典

この四句を見比べてみると、1と2の句は文語句、3と4の句は口語句となっています。しかし、仮名遣いは、1と3が旧仮名遣い、2と4が新仮名遣いになっていることがわかります。2の作者は、文語句を多く作っていますが、表記はすべて新仮名遣いを用いて書いています。一方、3の作者には口語句もたくさんありますが、表記はすべて旧仮名遣いで統一されているのです。

このように、**文語——新仮名、口語——旧仮名**という組み合わせもありうるということを、よく理解しておいてください。

ご自分が新仮名遣いで作品を統一されている場合には、この章の旧仮名遣いの説明は必要ありません。普段、旧仮名遣いを用いている方には、しっかり頭に入れていただきたいと思います。

新仮名遣いと旧仮名遣いの相違点

新仮名遣いは、基本的に発音と表記が一対一で対応するよう、簡潔にできています

（例外は助詞の「は」「を」など少数です）。一方、旧仮名遣いは、同じ発音に対して複数の表記があり得る点が、難しさになっています。

両者の違いを、わかりやすく表にまとめてみましょう。

新仮名遣い	旧仮名遣い
わ	は・わ
い	い・ひ・ゐ
う	う・ふ
え	え・へ・ゑ
お	お・ほ・を
じ	じ・ぢ
ず	ず・づ

おう	あう・あふ・おう・おふ・わう・をう
〜ゅう	いう・いふ・ゆう・ゆふ
〜ょう	えう・えふ・やう・やふ・よう・よふ
か	か・くわ

このように、大きな違いは四点あります。

一つ目は、新仮名の「わいうえお」にあたる表記が、旧仮名遣いではア行・ハ行・ヤ行・ワ行に分かれるということです。具体例としては、次のようなものがあります。

（例）　わ……たまはる・ことわる

い……いる（射る）・祝ひ・ゐる（居る）

う……言うて・言ふ

え……越えて・耐へて・植ゑて

お……おと（音）・こほり（氷）・をんな（女）

二つ目は、新仮名の「じ」「ず」が「ぢ」「づ」になる場合があるという点です。具体例には、次のようなものがあります。

(例) じ……はじく(弾く)・はぢ(恥)

ず……すずし(涼し)・いづこ(何処)

三つ目は、長音の場合です。「おう」は「あう」「あふ」「おふ」など何通りにも分かれます。「こう」のように上に子音がついた場合でも、「かう」「かふ」「こふ」など、同様に分かれます。これはかなり複雑ですが、代表的な例を挙げておきましょう。

(例) おう……かう(斯う)・こふ(恋ふ)

〜ゅう……じふ(十)・まちぢゆう(町中)

〜ょう……けふ(今日)・きやう(京)

四つ目は、現代語にはないワ行拗音(ようおん)「くわ」です。用例は、「火事(くわじ)」「郭公(くわくこう)」など、さほど多くありません。

旧仮名遣いをどうやってマスターするか

俳句の達人でも、辞書を引かずに旧仮名遣いを使いこなせる人は稀でしょう。複雑な旧仮名遣いをすべて暗記することは、まず不可能ですし、その必要もありません。

大切なのは、まめに辞書を引いて仮名遣いを確認することです。

とは言っても、俳句に頻出する単語については、いちいち確認するまでもなく、旧仮名で書けるようになりたいものです。

動詞以外の品詞の場合、ほとんどは漢字で表記されますから、旧仮名はあまり意識する必要がありません。しばしば平仮名で表記される単語で間違えやすいものには、次のようなものがあります。

> 水（みづ）・青（あを）・声（こゑ）・扇（あふぎ）
> 男（をとこ）・女（をんな）・紅葉（もみぢ）
> 夕べ（ゆふべ）・紫陽花（あぢさゐ）・筈（はず）
> 香り（かをり）・静か（しづか）・大き（おほき）
> 小さし（ちひさし）・遠し（とほし）

このような、よく使われる単語については、旧仮名遣いを覚えてしまった方がよいでしょう。

動詞の場合の覚え方

動詞の場合には、送りがながありますので、旧仮名遣いを明確に意識する必要があります。動詞の場合には、次のような順序で理解しておくとよいでしょう。

① **現代語で「う」で終わる動詞は、基本的にハ行**

「言ふ」「思ふ」「向かふ」など、現代語の「う」で終わる動詞は、すべてハ行四段活用です。当然、これらの動詞は活用した場合でも「言はず」「言ひて」「言へども」のように、ハ行で活用します。

② **音便の「イ」「ウ」はア行の「い」「う」**

「書きて」が「書いて」、「言ひて」が「言うて」のように変化することを音便と言います。イ音便のイはア行の「い」、ウ音便のウはア行の「う」です。「書ゐて」「言ふて」などの表記は誤りですので、十分注意してください。

③ **数少ない活用の動詞は覚えてしまう**

動詞の活用の中で、ア行・ヤ行・ワ行に活用するものは、必ずしも多くありません。次の枠の中の動詞は、活用の種類を覚えてしまった方がよいでしょう。

ア行下二段……得（う）（とその複合語）のみ
ヤ行上二段……老ゆ・悔ゆ・報ゆ　三語のみ
ヤ行上二段……射（い）る・鋳（い）る　二語のみ
ワ行下二段……植う・飢う・据う　三語のみ
ワ行上一段……居（ゐ）る・率（ゐ）る・率ゐる・用ゐる　四語のみ

④下二段のハ行とヤ行は代表的なものを覚える

現代語で「〜える」で終わる動詞には、ハ行下二段とヤ行下二段の二通りがあります。これは該当する例が多いので、全部覚えるのは大変です。次の枠の中の、代表的な動詞を覚えておけばよいでしょう。

ハ行下二段……耐ふ・湛ふ・終（を）ふ・変ふ（など）
ヤ行下二段……絶ゆ・越ゆ・聞こゆ・消ゆ・燃ゆ・覚ゆ・冴ゆ（など）

特に、現代語の「たえる」には、ハ行の「耐（た）ふ」とヤ行の「絶ゆ」がありますので要注意です。

では、練習問題を考えてみましょう。

練習64 次の各句の傍線部の語を旧仮名遣いで表してください。（答は巻末「練習問題の解答」）

① この樹登らば鬼女となるべし夕紅葉　三橋鷹女
② 白鳥といふ巨花を水に置く　中村草田男
③ 倖（さいわい）を装ふごとく扇買ふ　馬場移公子
④ 白鳥の声のなかなる入日かな　桂　信子
⑤ 貧乏に匂ひありけり立葵　小澤　實

練習65 次の各句の傍線部の表記が、旧仮名遣いとして正しければ○、誤っている場合は正しく改めてください。（答は巻末「練習問題の解答」）

① 鯛かふて海女と酒くむはる日かな　大江丸
② 立たんとす腰のつがひの冴え返る　正岡子規

③ をりとりてはらりとおもきすすきかな　飯田蛇笏
④ 無患子（むくろじ）の弥山（みせん）颪（おろし）に吹きさわぐ　阿波野青畝
⑤ 冬蒲団妻のかほりは子のかほり　中村草田男
⑥ 妻と寝て銀漢の尾に父母います　鷹羽狩行
⑦ みづうみに舟のでてゐる白障子　大串　章
⑧ 藁塚の始めの束の据ゑらるる　井上弘美

第十一章

俳句における「切れ」

ここまで、この本を読んで来られた読者の皆さん、お疲れさまでした。最終章では、俳句における「切れ」について、文法的な観点から考えて、まとめにしたいと思います。

「切れ」とは何か

まず、代表的な切字「や」「かな」「けり」を例に、「切れ」とは何かについて考えてみましょう。

1 玫瑰(はまなす)や今も沖には未来あり　　中村草田男
2 遠山に日の当りたる枯野かな　　高浜虚子
3 雉子の眸のかうかうとして売られけり　　加藤楸邨

文法的に言えば、「や」は詠嘆の間投助詞、「かな」は詠嘆の終助詞、「けり」は詠嘆の助動詞であり、いずれも詠嘆の意味を表します。2の「かな」と3の「けり」は、どちらも句末に用いられて詠嘆の意味を添えており、一句を引き締める効果をあげています。それに対して、1の「や」は単に詠嘆を表すだけでなく、意味上の断絶があることを示しています。いわゆる二句一章の作りになっていることを示しているのです。

このように切字には、

① **句中に意味上の断絶があることを表す働き**
② **詠嘆の意味を添えて句を締めくくる働き**

という二つの役割があると言えます。狭義の「切れ」は右の①の意味を表すと考えてもよいでしょう。

「切れ」を生じさせる品詞

狭義の「切れ」を生じさせるのは、「や」だけではありません。次のような品詞が、意味上の断絶を生じさせます。

① 動詞の終止形（「す」「あり」「をり」など）
② 形容詞の終止形（「さびし」など）
③ 形容動詞の終止形（「しづかなり」など）

④　助　動詞の終止形（「ず」「ぬ」など）
⑤　終助詞（「ぞ」など）
⑥　間投助詞（「や」「よ」など）

文を終わらせる働きをもった単語は、すべて切字になりうるということです。
では、練習問題を考えてみましょう。

練習66　次の各句で、「切れ」を生じさせている単語を文法的に説明してください。（答は巻末「練習問題の解答」）

①　五月雨をあつめて早し最上川　　芭　蕉
②　冬に負けじ割りてはくらふ獄の飯　　秋元不死男
③　初冬の音ともならず嵯峨の雨　　石塚友二
④　日脚伸ぶ亡夫の椅子に甥が居て　　岡本　眸
⑤　釜の湯のうまくなる夜ぞ空っ風　　落合水尾

読解上の切れ

狭義の「切れ」について、さらにいくつかのパターンを考えてみましょう。次の各句は、それぞれどこで切れているでしょうか。

1　さま〳〵のこと思ひ出す桜かな　　芭　蕉
2　隙間風兄妹に母の文異ふ　　石田波郷

1の句は、句末に「かな」を用いているものの、文法的には、句の途中に「切れ」はありません。しかし、内容的には、

さま〳〵のこと思ひ出す／桜かな

のように、中七と下五の間に意味の断絶があります。「思ひ出す」の主体は桜ではなく作者であることが、内容的に明らかだからです。このように、文法的には切れないものの、内容的に明らかに「切れ」を読み取れるケースを、「読解上の切れ」と呼ぶことにしたいと思います。

2の句の場合も、

隙間風／兄妹に母の文異ふ

のように、「読解上の切れ」を読み取ることができます。上五の名詞と中七の間に「や」が隠れていると言ってもよいでしょう。

全く同じ形でも、

3　隙間風さまざまのもの経て来たり　　波多野爽波

の場合は、上五と中七の間に断絶はありません。中七以後のフレーズが、上五の「隙間風」を主語にした内容になっているからです。上五の下に「は」または「が」を補って考えてもよいでしょう。

このように、文法的に明らかに切れる場合は別として、「切れ」の有無の判断は読者に委ねられている場合が、実は多いのです。

逆に、作り手の立場から言えば、1の芭蕉の句のような「切れ」の形にも積極的にチャレンジして、句のバリエーションを増やしてゆきたいものです。

一練習67一次の各句は、A〜Cのどれに該当するか、記号で答えてください。（答は巻末「練習問題の解答」）

A　文法的に明らかに切れている

B　読解上「切れ」が認められる

C　「切れ」は認められない

①　三日月のひたとありたる嚏（くさめ）かな　　中村草田男

②　母の目の裡に我が居り石蕗の花　　石田波郷
③　冬の雲なほ捨てきれぬこころざし　　鷲谷七菜子
④　竜の玉旅鞄よりこぼれ出づ　　山崎ひさを

連体形止めは是か非か

ある方からいただいた質問に、句の末尾を連体形で止める句が多いが、これは是か非か、というものがありました。なかなか鋭い質問だと思います。例句を挙げて考えてみましょう。

ふとしたることより榾火よく燃ゆる　　星野立子

この句は、下五が動詞「燃ゆ」の連体形「燃ゆる」で終わっており、文法的にも内容的にも、一句の中に「切れ」がない形になっています。「や」を用いた二句一章の句の場合は別として、内容的に切れない一物仕立の句の場合には、下五を「かな」「けり」で切るか、体言止めにした方が、一句が引き締まります。一般的には、この句のように一つも「切れ」がない形は、ゆるい句になりやすいと言えるでしょう。

しかし、掲句の場合には連体形のもたらす余情が捨てがたい味わいを醸し出しています。おそらくこの榾火は、この後もよく燃え続けたのだろうと、読者に想像させてくれます。

このように、連体形には余情を持って文を終わらせる働きがあるのです。このような用法は中古の文章にも例が見られます。そういう意味で、この句は、文法的に問題があるわけではありません。

連用形止めも同様

あをあをと空を残して蝶別れ　大野林火

この句の場合は、動詞「別る」の連用形「別れ」で句が終わっています。一句の中に「切れ」がない形になっているという点では、先ほどの句と同様です。

連用形には、切る働きがない代わりに、その後も動作や状態が継続してゆくことを想像させる効果があります。掲句の場合も、蝶が去っていったあとの青空を読者に強く印象づける上で、連用形が効果をあげています。

連用形止めも、連体形止めと同様、文法的に問題があるわけではありません。俳句にとって重要な「切れ」をあえて捨てるかどうかは、句の内容に即して作者自身が判断すればよいのです。

カリ止め・已然形止めはやめたい

連体形止めや連用形止めに次いで多く見られるのが、形容詞のカリ活用や已然形で句を終わらせる形です。

1　春の山屍を埋めて空しかり　高浜虚子
2　がんぼの脚の一つが悲しけれ　高浜虚子

どちらも形容詞を下五に用いています。「切れ」がないという点では先の例句と同じなのですが、文法的には問題があります。

第四章でも述べたように、本来、形容詞のカリ活用は下に助動詞などが続く場合に用いられる形であり、「かり」で文を終わらせることは原則的にないのです（「多かり」のみ用例があります）。

同様に、已然形も「こそ」の結びになっている場合は別として、単独で文を終始させる働きはありません。

このような用例は、句会等でしばしば目にすることがありますが、「切れ」の有無という以前に、文法的に問題があるのだということを、よく認識していただきたいと思います。

終わりに

本書は、角川学芸出版の『俳句』に、平成二十年一月から二年間にわたって連載した「郁良と楽しく文語文法」をもとに、まとめたものです。平成二十三年に単行本として出版されてから十二年、おかげさまで版を重ね、このたび文庫版を出版することになりました。これは、俳句を楽しまれている方の多くが、文語文法に悩まれていることの何よりの証でしょう。

読者の方からは、この一冊を手もとに置いておくことで、わからないときにすぐ調べられて助かるというご感想をよくお聞きします。必要に応じてこの本を活用していただくことで、自然と間違いも減り、文語文法も自ずと身に付いてゆくことでしょう。

また、文庫版出版にあたり、本書に引用した「掲載句一覧」を新たに設けました。ご好評いただいている「文法間違い早見表」とあわせてご活用ください。

ご自身の俳句をより魅力的なものにするためにヒントが、文語文法の中にはたくさん埋もれています。文庫版となって、より携帯しやすくなりましたので、句会の際にもお手もとに置いてご活用くだされば幸いです。

佐藤　郁良

練習問題の解答

第一章 「や」「かな」「けり」の正しい使い方

一練習1一①みぞるる ②暖か

[解説]①は終止形のままでは字足らずなので、連体形の「みぞるる」に。②は終止形のままでは字余りなので、語幹の「暖か」のみにする。

一練習2一①見ゆる ②長き ③し ④たる

[解説]①~④、いずれも連体形に直す。③の「き」は過去の助動詞で、連体形は「し」となる。

一練習3一①放ち ②濃かり ③に ④れ

[解説]①~④、いずれも連用形に直す。③の「ぬ」は完了の助動詞で、連用形は「に」。④の「る」は受身の助動詞で、連用形は「れ」となる。

第二章 品詞の分類と活用形

一練習4一①副詞 ②連体詞 ③名詞(数詞) ④名詞(代名詞) ⑤感動詞 ⑥名詞(固有名詞) ⑦接続詞 ⑧副詞

[解説]①は擬態語で、品詞は副詞となる。②の「ある」は活用しないので、動詞ではなく連体詞。

―練習5― ①なかり（形容詞）　②寂寞と（形容動詞）　そろへ（動詞）③しづかに（形容動詞）　うかべ（動詞）④すさまじく（形容詞）　なり（動詞）

［解説］②「寂寞と」は形容動詞「寂寞たり」の連用形。③「しづかに」は形容動詞「しづかなり」の連用形。

―練習6― ①に・さへ・かな（助詞）　ぬ（助動詞）②こそ・の・や（助詞）　なれ（助動詞）③を・て・ば・の（助詞）④の・の（助詞）　り・ごとく（助動詞）

［解説］①の「ぬ」は打消の助動詞「ず」の連体形。②の「なれ」は断定の助動詞「なり」の已然形。④の「り」は完了の助動詞、「ごとく」は比喩を表す助動詞である。

―練習7― ①（待ち）連用形・（うたがは）未然形　②（来）連用形・（止る）終止形　③（とどまれ）已然形・（ふゆる）連体形　④（見）連用形・（来よ）命令形・（つく）終止形

第三章　動詞

―練習8― ①ダ行下二段・已然形　②カ行四段・未然形　③ラ行下二段・連用形　④ラ行上二段・連用形　⑤マ行四段・連体形　⑥ラ行上二段・未然形

［解説］④「古る」は「古くなる」の意の上二段動詞。⑤「沁む」には上二段もある

が、ここでは四段。

―練習9―①老ゆる　②考ふる　③ゆるがし　④あづけ　⑤貫け

［解説］①と②は、下の体言にかかる連体形に直す。③は「ぬ」に接続する連用形に、④は「む」に接続する未然形に、⑤は「り」に接続する已然形に、それぞれ活用させる。

―練習10―①ワ行上一段・連体形　②カ行上一段・已然形　③ナ行上一段・連用形　④マ行上一段・未然形　⑤カ行下一段・連体形

［解説］上一段では終止形と連体形が同形だが、①の「ゐる」は「冬の滝」という体言に掛かるので連体形。同様に、未然形と連用形も同形だが、③の「似」は「たる」に続くので連用形、④の「み」は「む」に続くので未然形となる。

―練習11―①カ変・連用形　②カ変・連体形　③カ変・命令形　④サ変・終止形　⑤（信じ）サ変・連用形（信ぜ）サ変・未然形

［解説］④「愛す」と⑤「信ず」は、ともに「す」の複合動詞で、活用はサ変である。

―練習12―①ナ変・連体形　②ラ変・連用形　③ラ変・連体形　④ラ変・未然形　⑤ナ変・終止形

［解説］②ラ変では連用形と終止形が同形だが、「ぬ」に続く形なので、連用形。⑤「去ぬ」はナ変の終止形で、下の「浮桟橋」には掛からない。

練習13　①ヤ行下二段・未然形　②ア行下二段・連用形　③ラ行四段・終止形　④ワ行上一段・連用形

［解説］①「絶え」の終止形は「絶ゆ」でヤ行。②「得」の終止形は「得」でア行の動詞。③「来る」は力変の「来」とは別の動詞で、四段活用。④「居」は、「い」ではなくワ行の「ゐ」である。

練習14　①植ゑ→植ゑ　②○　③消へ→消え　④越ゑ→越え　⑤○　⑥老ひ→老い

［解説］いずれも理屈抜きで覚えた方がよい。①「植う」は数少ないワ行下二段。⑥「老ゆ」も、数少ないヤ行上二段である。

練習15　①湧いて　②搏つたる　③わたつて　④飛んだる　⑤揃うて（揃つて）

［解説］②はタ行の動詞なので促音便、④はバ行の動詞なので撥音便に直す。⑤は促音便でもよいが、原句はウ音便。

練習16　①自動詞・タ行四段　②他動詞・タ行下二段　③自動詞・バ行四段　④他動詞・バ行下二段

［解説］①「立てり」は堂が「立っている」の意味。よって、「立て」は自動詞「立つ」の已然形。②は「爪（を）」が目的語となっているので、他動詞「立つ」の連用形。③・④も同様に考える。

第四章　形容詞

―練習17―①シク活用・連用形　②ク活用・未然形　③シク活用・連体形　④シク活用・終止形　⑤ク活用・連用形　⑥ク活用・已然形

［解説］ク活用かシク活用かは、連用形が「……く」となるか「……しく」となるかで識別する。

―練習18―①長き　②をさなく　③おもしろかり

［解説］①は、「かな」が連体形接続の助詞なので「長し」を連体形に改める。②は、「て」に接続するよう連用形に改める。①・②ともにカリ活用にはならない。③は、「し」（＝過去の助動詞の連体形）に続くよう連用形に改める。この場合は、カリ活用の「おもしろかり」を用いる。

―練習19―①深う　②正しう　③さみしい

［解説］①と②は連用形なのでウ音便に、③は連体形なのでイ音便になる。

第五章　形容動詞

―練習20―①ナリ活用・終止形　②ナリ活用・連用形　③ナリ活用・連体形　④タリ活用・連用形　⑤タリ活用・連体形

［解説］②「……に」はナリ活用の連用形、④「……と」はタリ活用の連用形である。それ以外の活用語尾は、いずれもラ変動詞と同じだと考えればよい。

―練習21―①A　②B　③A　④B

［解説］いずれも直前の語が、「……が」を付けて主語になるかどうかで識別する。②「夜」、④「中」は主語になりうるので、名詞。①「ひそかなり」、③「はるかなり」は、性質・状態を表すので形容動詞。

第六章　助動詞

―練習22―①打消　②推量　③完了　④推定　⑤使役　⑥完了　⑦過去　⑧受身　⑨比況　⑩断定

［解説］いずれも理屈ぬきで覚える。⑤「しむ」には尊敬の意味もあるが、俳句ではほとんどが使役の用法。⑧「らる」には四つの意味があるが、ここでは受身。⑩の「なり」は体言に接続する断定の「なり」。

―練習23―①終止形　②連用形　③連体形　④已然形　⑤連体形　⑥連体形　⑦連用形　⑧連用形　⑨連体形　⑩連用形

［解説］①②はナ変型の助動詞「ぬ」が活用したもの。③④は形容動詞型の助動詞「なり」が活用したものである。⑦「しむ」⑧「る」はともに下二段型で、未然形

と連用形が同形だが、ここはいずれも連用形。⑨は打消「ず」の連体形の「ぬ」。特殊な活用をする。

練習24　①せ　②無き　③たかかり　④過ぎゆき　⑤せ　⑥かがやけ　⑦なる　⑧届け

［解説］①③④は、いずれも下が連用形接続の助動詞なので、（　）内を連用形に改める。②の「ごとし」は連体形接続。「無し」の連用形には「無かり」もあるが、「ごとし」に続く場合は「無き」を用いる。⑤⑥は下に「り」が続くが、⑤はサ変動詞なので未然形に、⑥は四段動詞なので已然形に改める。⑦「べし」は終止形接続だが、上にラ変型の活用語が来た場合は連体形接続となる。よって連体形に改める。

練習25　①べし　②しむ　③けり　④なり

［解説］直前の活用形が何であるかによって、接続する助動詞は限定される。①は終止形接続の「べし」、②は未然形接続の「しむ」、③は連用形接続の「けり」、④は連体形接続の「なり」がそれぞれ入る。

練習26　①き・終止形　②し・連体形　③し・連体形　④しか・已然形　⑤し・連体形

［解説］④の「しか」は助詞「ば」に接続する已然形。⑤「せしか」は「せ／し／

か」に切れる。「か」は疑問の係助詞。

━練習27━①流れ　②に　③たり　④なかり　⑤れ　⑥せ

[解説]いずれも連用形に改める。④「なし」は形容詞なので、カリ活用連用形の「なかり」に改める。

━練習28━①つ・終止形　②ぬ・終止形　③に・連用形　④な・未然形　⑤ぬ・終止形

[解説]④の「なば」は「……てしまったならば」の意味で、「な」は「ぬ」の未然形。⑤「ぬべし」の「ぬ」は強意の用法。

━練習29━①たり・終止形　②たる・連体形　③たり・連用形　④り・終止形　⑤る・連体形

[解説]③の「たり」は「けり」に続くので連用形。⑤の「る」は「り」の連体形である。

━練習30━①せ　②刈れ　③鳴け　④込み合へ

[解説]①はサ変動詞なので未然形の「せ」に改める。他はすべて四段動詞なので已然形に改める。

━練習31━①○　②○　③×　④○　⑤×　⑥○　⑦○　⑧×

[解説]○はいずれも四段動詞に接続している。④「来(きた)る」はカ変の「来(く)」とは別の

四段動詞。③「冴ゆ」は下二段、⑤「死ぬ」はナ変動詞なので「り」は接続しない。⑧は受身の助動詞「る」に接続しているが、「る」は下二段型の助動詞なので、これも誤りである。

練習32 ①ず・終止形　②ず・連用形　③ぬ・連体形　④ざる・連体形　⑤ね・已然形　⑥ざれ・已然形　ざり・連用形

[解説]②の「ず」は終止形ではなく、接続助詞「して」に続く連用形の「ず」。⑥の「ざれ」は「ば」に続く已然形、「ざり」は過去の助動詞に続く連用形である。

練習33 ①B　②A　③A　④B

[解説]①は明らかに連用形、②は明らかに未然形に接続しているので、形から識別可能。③は「こぬ」と読むか「きぬ」と読むかで意味が変わるケース。この場合は、内容的に「こぬ」だと判断できる。よって打消。④も上が上一段動詞で、未然形・連用形が同形だが、「かいまみた」という意味で理解しないと句が成り立たない。よって完了。

練習34 ①なり・終止形　②なり・連用形　③なる・連体形　④なら・未然形　⑤なれ・已然形　⑥なれ・已然形　⑦たら・未然形

[解説]②の「なり」は「けり」に続く形なので連用形。③の「絢ひたる」の「たる」は、連用形接続の完了の「たり」で、断定の「たり」ではないので注意。⑥は

詠嘆を表す「なれや」。⑦の「たらむ」の「たら」は体言に接続する断定の「たり」である。

―練習35―①推量　②意志　③推量　④意志

［解説］①・③は主語が三人称。このようなときは推量が多い。②・④は作者自身が主語と考えられる。このような場合は意志が多い。

―練習36―①適当　②推量　③推量　④意志　⑤適当

［解説］文脈から判断する。①・⑤は「……（する）のがよい」の意味なので、適当。②・③は「……だろう」の意味なので、推量。④は「……（する）つもりだ」の意味なので、意志の用法である。

―練習37―①なる　②告ぐ　③忘ず　④なかる

［解説］①は断定の助動詞「なり」。「なり」はラ変型の活用なので、連体形の「なる」に改める。②「告ぐ」は下二段動詞、③「忘ず」はサ変動詞なので、原則通り終止形接続。よって、形はそのまま。④「なし」は形容詞なので、カリ活用連体形の「なかる」に改める。

―練習38―①まじ・打消意志　②じ・打消意志　③まじ・打消推量　④じ・打消推量

［解説］①・②は「……ないつもりだ」の意味で用いられているので、打消意志。③・④は「……ないだろう」の意味で用いられているので、打消推量の用法である。

━練習39━①れ・可能・未然形　②られ・受身・連用形　③る・受身・終止形　④る・自発・連体形　⑤らるる・受身・連体形

［解説］①は「眠ら」までが動詞の未然形なので、「られ」ではなく「れ」の部分が可能の助動詞。④は「思ふ」という心情・知覚を表す動詞に接続しているので、自発の用法。他はすべて受身である。

━練習40━①せ・連用形　②しむる・連体形　③せよ・命令形　④しめよ・命令形　⑤させ・未然形

［解説］③「散らさせよ」は「散らさ」までが動詞「散らす」の未然形で、それに「す」の命令形「せよ」が接続している。④「しめよ」は一語で、「しむ」の命令形である。

━練習41━①如くなり・終止形　②ごとくに・連用形　③やうなる・連体形　④如く・連用形　⑤如し・終止形　⑥ごとき・連体形　⑦やうに・連用形

［解説］②「ごとくに」は「ごとくなり」の連用形、④「如く」は「ごとし」の連用形である。

━練習42━①たし・願望　②たき・願望　③らし・推定　④けむ・過去推量　⑤らむ・現在推量

［解説］②「たき」は希望の助動詞「たし」の連体形。

第七章　助詞

―練習43―①を・格助詞／ば・接続助詞／の・格助詞　②の・格助詞／ぞ・係助詞　③は・係助詞／ど・接続助詞　④より・格助詞／かな・終助詞　⑤まで・副助詞／も・係助詞／かな・終助詞　⑥や・間投助詞／に・格助詞

[解説]①の「を」「の」、④の「より」、⑥の「に」などは、体言または連体形に接続する格助詞。①の「ば」や③の「ど」は、用言に接続する接続助詞である。副助詞や係助詞は数が少ないので覚えてしまった方がよい。切字の「や」は間投助詞、「かな」は終助詞である。

―練習44―①の・連体格／の・主格　②が・連体格　③の・連体格／に・連用格／が・主格　④の・連体格／と・連用格　⑤より・連用格／を・連用格

[解説]①「田の」の「の」は「が」に置き換えられる。このような「の」は主格。逆に、②「誰が註」は「誰の註」と「の」に置き換えられる。このような「が」は連体格である。「の」「が」以外の格助詞は、すべて連用格の格助詞。

―練習45―②・③

[解説]①は直後の「紅」、④も直後の「風」しか修飾していない。②・③の「の」は、中七・下五全体を修飾している。

―練習46―①B　②A　③B　④A

[解説]直前の語の活用形で見分ける。②と④は、動詞の未然形に接続しているので仮定条件。①は動詞の已然形に、③は形容詞の已然形に接続しているので確定条件を表す。

―練習47―①死な　②な　③吹け　④清けれ

[解説]①・②は仮定条件にするため、未然形に改める。②の助動詞「ぬ」の未然形は「な」。③・④は確定条件を表すよう、已然形に改める。④「清し」の已然形は「清けれ」となる。

―練習48―①吹雪く　②病め　③転べ

[解説]①「とも」は終止形接続なので、そのまま「吹雪く」でよい。②・③の「ども」は已然形接続なので、已然形に改める。

―練習49―①のみ・限定　②など・例示　③まで・限界　④さへ・添加　⑤ばかり・限定

[解説]副助詞は数が少ないので、理屈抜きに覚えてしまった方がよい。

―練習50―①ぞ・面白き　②ぞ・る　③こそ・よけれ

[解説]①「面白き」は形容詞の連体形、②「る」は助動詞「り」の連体形である。③は「けれ」ではなく、「よけれ」が形容詞「よし」の已然形。

練習51　①よけれ　②ける　③なれ

[解説]①・③は、「こそ」の結びとなるよう已然形に改める。②は「ぞ」の結びとなるよう連体形に改める。

練習52　①も・添加　②も／も／も・並列　③は・話題の提示

[解説]①は「……もまた」の添加の用法。②は三つの名詞を並列でつないでいる。③は、倒置になっているが、話題を提示する用法。

練習53　①ぬ　②碧き　③たる　④死ぬる　⑤し　⑥ゆるる

[解説]いずれも「かな」に続くよう連体形に改める。①打消の「ず」の連体形は「ぬ」。②形容詞「碧し」は連体形「碧き」に改める。④「死ぬ」はナ変動詞なので、連体形は「死ぬる」。⑤過去の助動詞「き」の連体形は「し」である。⑥「ゆる」は下二段動詞なので連体形は「ゆるる」となる。

練習54　①ぞ・念押し　②ばや・願望　③そ・禁止

[解説]①句末の「ぞ」は念押しの終助詞。②未然形接続の「ばや」は願望を表す。③「な」は終助詞ではなく副詞、「そ」が禁止の終助詞である。

練習55　①イ　②ウ　③ア　④ア

[解説]①の「や」を切字だとすると「や・かな」になってしまう。この場合は語調を整える働き。②は父に呼びかける「よ」である。③・④は、内容的にも切れてい

るので切字。

一練習56一②・③

［解説］②は「揺れよ」が一語で、動詞「揺る」の命令形。③は疑問を表す係助詞の「や」で、間投助詞ではない。①・④は軽い詠嘆を表す間投助詞。

第八章　名詞・副詞・連体詞・接続詞・感動詞

一練習57一①鶏頭・ア／十四五本・ウ　②我・エ／菊日和・ア　③祖母山・イ／傾山・イ／夕立・ア　④いづく・エ／濤・ア／盆支度・ア　⑤草市・ア／もの・オ／どれ・エ　⑥これ・エ／みちのく・イ／威し銃・ア

［解説］「祖母山」「傾山」「みちのく」は、いずれも地名を表す固有名詞。「十四五本」は数を表す数詞。「我」「いづく」「どれ」「これ」は、事物を指し示す代名詞。「もの」は形式名詞である。それ以外の名詞は、すべて普通名詞。

一練習58一①うれしさ　②涼しさ　③のどかさ　④速さ　⑤ぬくみ　⑥流れ

［解説］③「のどか」だけでは名詞にならないが、「のどかさ」となると転成名詞である。

一練習59一①な　②まづ　③ことごとく　④なほ　⑤ただ　⑥やや　⑦つくづく　⑧ぶらぶらと

［解説］①「な」は、「そ」と呼応して禁止を表す呼応の副詞。⑧「ぶらぶらと」はオノマトペ（擬態語）で、状態の副詞である。

―練習60―①ある　②さる・さる　③かかる

［解説］②「さる」は指示語の「さ」に「ある」が接続してできた連体詞、③「かかる」は指示語の「かく」に「ある」が接続してできた連体詞である。

―練習61―①かつ・並列　②また・並列　③されど・逆接　④而して・順接

［解説］①の「また」は「再び」の意味の副詞。「かつ」が並列の接続詞である。②の「また」は接続詞。④「而して」は「しこうして」（旧仮名遣いでは「しかうして」）と読み、現代語の「そして」にあたる順接の接続詞である。

―練習62―①嗚呼　②あはれ　③いざ

［解説］①は「ああ」と読む感動詞。②の「あはれ」も「何とまあ」の意味で、独立語として用いられているので感動詞である。形容動詞の「あはれなり」ではないので注意したい。③「いざ」は呼びかけの感動詞である。

第九章　敬語

―練習63―①たまは・尊敬語　②います・尊敬語　③たまはり・謙譲語　④申し・謙譲語

[解説]①の「たまふ」は尊敬の補助動詞の用法。②「います」は「をり」の尊敬語で「いらっしゃる」の意。仮名遣いは「ゐます」ではないので要注意。③「たまはる」は「受く」の謙譲語、④「申す」は「言ふ」の謙譲語である。

第十章　歴史的仮名遣い

一練習64一①ゆふもみぢ　②みづ・お（く）③あふぎ　④こゑ　⑤あふひ

[解説]いずれも、しばしば平仮名で表記されることが多いので、旧仮名遣いを覚えておきたい。

一練習65一①ふ→う　②○　③○　④○　⑤ほ→を　⑥○　⑦○・○　⑧○

[解説]①ウ音便の場合は「ふ」ではなくア行の「う」となる。⑤「かほり」はよく見受ける間違いなので要注意。⑥「います」の「い」は「ゐ」ではない。⑧「据う」は数少ないワ行下二段動詞である。

第十一章　俳句における「切れ」

一練習66一①早し・形容詞「早し」の終止形　②じ・助動詞「じ」の終止形　③ず・助動詞「ず」の終止形　④伸ぶ・動詞「伸ぶ」の終止形　⑤ぞ・終助詞

[解説]活用語の終止形や終助詞は、自動的に切れを生じさせる。

練習67 ①B　②A　③B　④C

［解説］①文法的には切れないが、中七と下五の間に内容的な断絶がある。②「居り」が動詞の終止形なので、ここで文法的に切れる。③上五と中七以後の間に「読解上の切れ」がある。④上五が中七以後の主語であり、「切れ」がない。

【掲載句一覧】（作者五十音順）

◎雨宮きぬよ（あめみや・きぬよ）
七五三道を濡らさぬほどの雨　136

◎飴山　實（あめやま・みのる）
白梅の苗てふ鞭のごときもの　164

◎阿波野青畝（あわの・せいほ）
無患子の弥山颪に吹きさわぐ　245

◎飯島晴子（いいじま・はるこ）
螢の夜老い放題に老いんとす　66
かほどまで咲くこともなき椿かな　172 189
八頭いづこより刃を入るるとも　184
蛍見の人みなやさし吾もやさし　197
寒晴やあはれ舞妓の背の高き　227

◎飯田蛇笏（いいだ・だこつ）
夏雲群るるこの峡中に死ぬるかな　21 201
くろがねの秋の風鈴鳴りにけり　25
死病得て爪うつくしき火桶かな　66
芋の露連山影を正しうす　88
扇おくこゝろに百事新たなり　96
秋の昼一基の墓のかすみたる　109
をりとりてはらりとおもきすすきかな　245

◎飯田龍太（いいだ・りゅうた）
紺絣春月重く出でしかな　23
大寒の一戸もかくれなき故郷　31 177
八方に音捨てゐる冬の滝　52
抱く吾子も梅雨の重みといふべしや　194

◎池田澄子（いけだ・すみこ）
じゃんけんで負けて螢に生まれたの　12

泡ひとつ抱いてはなさぬ水中花　69
赤富士に露滂沱たる四辺かな　96
とろろ汁鞠子と書きし昔より　116
粥柱しづかに老を養はむ　141
北風にあらがふことを敢てせじ　148
まさをなる空よりしだれざくらかな　172

◎友岡子郷（ともおか・しきょう）
なつめの実青空のまま忘れらる　107

◎永井荷風（ながい・かふう）
石菖や窓から見える柳ばし　45

◎中川宋淵（なかがわ・そうえん）
黍の葉に黍の風だけかよふらし　106

◎永島靖子（ながしま・やすこ）
横浜や無人のぶらんこを愛す　56
星月夜魚骨のごとく破船あり　109

◎永田耕衣（ながた・こうい）
夏蜜柑いづこも遠く思はるる　152
朝顔や百たび訪はば母死なむ　182

◎中原道夫（なかはら・みちお）
はつなつやかう書いてみむ巴芹なら　52 142
火宅より火宅へ氷柱届けらる　112

◎中村草田男（なかむら・くさたお）
万緑の中や吾子の歯生え初むる　11 18
降る雪や明治は遠くなりけり　26 126 209
勇気こそ地の塩なれや梅真白　33 109 191
蚊の声のひそかなるとき悔いにけり　66

風邪ごゑを常臥すよりも憐れまる　151
春曙何すべくして目覚めけむ　168

◎野見山朱鳥（のみやま・あすか）
少年に獣の如く野火打たれ　164
桔梗や信こそ人の絆なれ　192

◎能村登四郎（のむら・としろう）
落ちる時椿に肉の重さあり　45
卒業生言なくをりて息ゆたか　100
足袋きよく成人の日の父たらむ　139
煤逃げと言へば言はるる旅にあり　151
捕虫網買ひ父がまづ捕へらる　221

◎橋本鶏二（はしもと・けいじ）
雪の雷若狭酒蔵ゆるがしぬ　45

◎橋本多佳子（はしもと・たかこ）
菜殻火のけむりますぐに昏るるなり　113
梶の葉の文字瑞々と書かれけり　119
木蓮の一枝を折りぬあとは散るとも　183

◎長谷川　櫂（はせがわ・かい）
伊予の秋正岡子規の忌なりけり　107
空海もかく日に焼けて旅せしか　116
邯鄲の冷たき脚を思ふべし　144
やや高き枝に移りぬ雨蛙　221

◎長谷川かな女（はせがわ・かなじょ）
戸を搏つて落ちし簾や初嵐　116

◎波多野爽波（はたの・そうは）
踏切を越え早乙女となりゆけり　66
鳥の巣に鳥が入つてゆくところ　176

【文法間違い早見表】

よくある間違いや、よく聞く質問内容について、表にまとめました。例句は、いずれも本文中に引用したものです。「判定の目安」を参考にして、ご自身の作句にお役立てください。詳しくは本文の該当部分の説明を読んでください。

判定の目安 ◎＝全く問題なし ○＝許容 △＝できれば避けたい ×＝明らかな間違い

内容	例句	判定
形容動詞語幹＋「かな」	空き箱の中に空き箱長閑かな	×「長閑なり」に改める。
助詞「に」＋「かな」	薄紅を冴返りたる爪にかな	×「かな」を「差す」などの動詞に改める。
形容詞終止形＋「けり」	山寺の鐘の音遠く涼しけり	×「夕涼し」など別の表現に改める。

上二段の上一段化 下二段の下一段化	落ちる時椿に肉の重さあり（能村登四郎）	○連体形・已然形については許容。
上二段・下二段の終止形を連体形として用いる。	湖に出て二手に分かる雁の列	×「割るる」など別の表現に改める。
サ変の終止形＋「かな」	障子張り替へて母の忌修すかな	×「修しけり」に改める。
ナ変の四段化	死ぬものは死にゆく躑躅燃えてをり（臼田亜浪）	○音数が合う場合は「死ぬる」を用いたい。
上二段「もみづ」の連用形	もみづりて日暮をいそぐ湖の色	×「紅葉して」に改める。
ウ音便を「ふて」と表記	いつまでも笑ふてをりぬ捨案山子	×「笑うて」に改める。
他動詞「深む」を自動詞の意味で用いる。	腐葉土のほのかなぬくみ冬深む	×「冬深し」に改める。
形容詞のカリ止め	人の皆去りて滝音激しかり	×語順を変えるなどして推敲する。

形容動詞連体形「……な」	あたたかな雨がふるなり枯葎　（正岡子規）	○音数が合う場合は「あたたかなる」を用いたい。
形容動詞語幹を単独で用いる。	卒業生言なくをりて息ゆたか　（能村登四郎）	◎
「き」の連体形「し」を存続の意味で用いる。	部屋いつぱい広げし海図小鳥来る　（佐藤郁良）	△音数が合う場合は「広げたる」に改めたい。
上二段・下二段＋「り」	冬帽子より禿頭の現れり	×「現れぬ」に改める。
打消「ず」のザリ止め	港には誰もをらざり初燕	×語順を変えるなどして推敲する。
連体形＋「べし」	牡丹鍋食うてしつかり生くるべし	×「生くべし」を用いて推敲する。
可能動詞	葭切も眠れぬ声か月明かし　（相生垣瓜人）	○正しい文語では「眠られぬ」。やむをえない場合は許容。
「ごとし」の語幹「ごと」	烟るごと老い給ふ母菊膾　（山田みづえ）	◎

「やうなり」の連体形に「やうな」を用いる。	底冷や取つ手のやうな耳二つ	△「ごとき」に改める方がよい。「やうに」は問題なし。
連体形＋「とも」	八頭いづこより刃を入るるとも（飯島晴子）	○終止形＋「とも」が本来の形。
「こそ」↓終止形	ほろ苦き目刺こそ佳し一人酒	×「佳けれ」で受けるよう推敲する。
句末の已然形止め	天球を指す風船の淋しけれ	×「淋しさよ」などに改める。
上五・中七の「かな」	寒鯉はしづかなるかな鰭を垂れ（水原秋櫻子）	○倒置になっている場合に限りたい。
切字にならない「や」	母やなし坐つてたぶる蓬餅（星野麥丘人）	◎
「は」を挟んだ「や」「けり」の併用	降る雪や明治は遠くなりにけり（中村草田男）	○多くの場合は、どちらかの切字を他の表現に改められる。

本書は二〇一一年十二月に小社より角川俳句ライブラリーとして刊行された単行本を文庫化したものです。

俳句のための文語文法入門

佐藤郁良

令和5年 2月25日 初版発行
令和6年 10月30日 5版発行

発行者●山下直久

発行●株式会社KADOKAWA
〒102-8177 東京都千代田区富士見2-13-3
電話 0570-002-301（ナビダイヤル）

角川文庫 23563

印刷所●株式会社KADOKAWA
製本所●株式会社KADOKAWA

表紙画●和田三造

ISBN 978-4-04-400739-3 C0192

◆◇◇

角川文庫発刊に際して

角川源義

第二次世界大戦の敗北は、軍事力の敗北であった以上に、私たちの若い文化力の敗退であった。私たちの文化が戦争に対して如何に無力であり、単なるあだ花に過ぎなかったかを、私たちは身を以て体験し痛感した。西洋近代文化の摂取にとって、明治以後八十年の歳月は決して短かすぎたとは言えない。にもかかわらず、近代文化の伝統を確立し、自由な批判と柔軟な良識に富む文化層として自らを形成することに私たちは失敗して来た。そしてこれは、各層への文化の普及滲透を任務とする出版人の責任でもあった。

一九四五年以来、私たちは再び振出しに戻り、第一歩から踏み出すことを余儀なくされた。これは大きな不幸ではあるが、反面、これまでの混沌・未熟・歪曲の中にあった我が国の文化に秩序と確たる基礎を齎らすためには絶好の機会でもある。角川書店は、このような祖国の文化的危機にあたり、微力をも顧みず再建の礎石たるべき抱負と決意とをもって出発したが、ここに創立以来の念願を果すべく角川文庫を発刊する。これまで刊行されたあらゆる全集叢書文庫類の長所と短所とを検討し、古今東西の不朽の典籍を、良心的編集のもとに、廉価に、そして書架にふさわしい美本として、多くのひとびとに提供しようとする。しかし私たちは徒らに百科全書的な知識のジレッタントを作ることを目的とせず、あくまで祖国の文化に秩序と再建への道を示し、この文庫を角川書店の栄ある事業として、今後永久に継続発展せしめ、学芸と教養との殿堂として大成せんことを期したい。多くの読書子の愛情ある忠言と支持とによって、この希望と抱負とを完遂せしめられんことを願う。

一九四九年五月三日